U0019978

黃海童話

Fairy tale train

童話列車
03

黃海 ◆著

徐錦成 ◆主編　　貝果 ◆插圖

目　錄

Fairy Tale

編輯前言

呼喚童心

徐錦成

童話，是魅力獨具的文類。一個人兒時接觸到的童話，往往影響其一生。一個文明的童話，也往往反映出——甚至型塑了——這個文明的人民性格。

童話一方面是活潑的，但同時也是溫和的。

活潑，因此我們可以從童話中看出一個文明的想像力與創造力。

溫和，因此童話界少有話題、少有論戰，以致文壇的聚光燈也難得打在童話身上。

童話的發展跟文學的發展息息相關。但從文壇的現狀看，詩、小說、散文是三大主流文類；戲劇作品不多，但也有其地位。至於童話，與前四者相較無疑最為寂寞。文學界長期的忽略，使童話受到的肯定遠遠不及她本身的成就。

是該重新認識並重視童話的時候了！

童話，是呼喚童心的文學。不只屬於兒童，也屬於所有童心未泯或想尋回童心的成年人。而童心，在任何時代、任何社會都是最寶貴的。錯過童話，對喜歡文學

的讀者來說是一大損失。

　　九歌出版公司自二〇〇三年開始推出「年度童話選」，獲得廣大迴響。如今又推出「童話列車」，在台灣兒童文學出版上更是史無前例的大事。以往的童話選集，不論依類型或依年代來編，都是集體作者的合集。而這次，我們以個人為基準，要為童話作家編出一部部足以彰顯其成就的代表作。

　　在作家的選擇上，所有資深的前輩作家以及活力旺盛的中生代作家，只要作品具有一定的質量，都是我們希望合作的對象。而作家的來源也不限於台灣。我們放眼華文世界，希望能為各地的優秀華文童話家出版選集。

　　在篇目的選擇上，則由編者與作者深入溝通，務必使所收錄的作品能確實具有代表性、能充分展現作者的風格。每本書末皆有一篇賞析專文，用意在提醒讀者留意該作家的童話特色。

　　我們希望透過這一系列精選集，向優異而豐富的華文童話家致敬。更期望大小讀者能透過他們的作品，品味到文學的童心。

想像的翅膀
科幻的視野

時代變遷得好快喔，從前寫東西離不開筆桿，如今離不開電腦。

小時候打開童話書，王子、公子、巫婆人物就出現了，馬車疾馳、神仙、寶劍與巫魔飛舞，轉眼來到太空時代，報章或電視、電影媒體看到的報導，火箭、太空船、機器人，已是稀鬆平常；手機、電腦，大人和小朋友更是隨身必備，科技已逐漸入侵每個人的生活領域，改變了過去，快速奔向未來。

作家寫作童話不免受到影響，有警覺心的，很快的把科學事物也收納進故事寶庫。

早在1980年，我從事成人科幻小說寫作時，不知不覺因著寫作科幻的樂趣，聯想到科幻的本質是想像的、趣味的、遊戲的、知性的，這與兒童文學中的童話、故事、寓言、小說的特性，幾乎是相互交集的，一時福至心靈，寫了一篇〈會說話的狗〉，之後得來很多好評，讓我大出意外。

初試啼聲，踩進兒童文學的領域，發現新天地，童心未泯，我又喜歡科幻，腦袋裡永遠有許許多多稀奇古怪的故事，我就常把童話故事與科幻像兩盤菜一樣，炒在一個盤子，端上了檯面。

　　好多小朋友、大朋友眼睛發亮，連說好吃好吃！因為那時的台灣，從來沒有人做出這種新奇的菜。

　　之後，我就正式掛牌，成了炒作這道菜的廚師。

　　累積多年的科幻與兒童文學的創作經驗之後，我逐漸有了領悟，我寫過一篇題為〈科幻小說，童話特質的文學〉論述，發現了科幻與兒童文學交集的園地，讓我大大的振奮。我也就很快的藉助想像力，跨越了成人與兒童之間的界限，陸續寫出其他的科幻童話。

　　大抵說來，從前童話中的故事邏輯是超現實、超自然的，奇異的，神祕的，怪誕的，花草樹木、貓狗鳥蟲、天空白雲太陽會說話，是自自然然的，不必講理由。科幻童話則必須給出理由，把它加上了科幻道具，遵循科學道理訴說故事。

這本集子，可說是我二十多年來的科幻童話結晶：

〈機器人掉眼淚〉曾經被公共電視改成電視劇，講的是小朋友假裝自己是機器人的故事。

〈只要我長大〉講生物科技的發明，與小朋友盼望長大的心理。

〈大鼻國歷險記〉是一篇滑稽突梯的歷險故事，隱藏了生態環保的概念。與篇名同名的童話書，獲得國家文藝獎。

〈玻璃獅子〉講的是利用時光機器回到爸爸的童年，發現爸爸小時候也是調皮鬼，而且也太窮酸，故事有著感人的意外結局。

〈第三隻腳的味道〉是一九八九年《小鷹日報》（已停刊）舉辦兩岸兒童文學獎的得獎作品。

〈帶往火星的貓〉寫的是核子戰爭之後，火星與地球之間的寓言。

〈國王的新衣續集〉把世界著名的童話延寫了續集，為裸體遊行的國王討回了公道。兩個逃走的騙子，最後怎樣得到應有的懲罰，很有趣，也有了出人意表又合情理的結局。

〈阿善與智慧豬〉、〈天空勇士的傳說〉是兩篇有連續性的科幻童話，有史詩的味道，反諷與諧謔兼而有之。

〈外星人播種〉以粗淺的筆法，寫出太空旅行的時間變幻概念，點出了保護生態的主題。

〈外星來的孩子〉是一篇科幻小說式的童話，帶來的是驚異傳奇。

〈誰撿到國王的夢〉是奇幻與童話的結合，讓你會心一笑。

〈霹靂星球綠傘人〉是以細緻的描寫，營造出旖旎魔幻，神祕的畫境。

對於「小說童話」，作家黃秋芳認為是一種文學型態的演進，也是一種人格心靈成長成熟與人類社會文化格局的變遷演進。

那麼科幻童話，也許是繼「小說童話」之後的文學演進。如果以科學科技更進步的三十年後的觀點來看，到時「科幻童話」也許就成為稀鬆平常的「現代童話」了。黃秋芳為「小說童話」仗義執言，正可以幫助做為科幻童話所以誕生並發展的註解：

　　當「魔力消失」已然成為事實，「尋找魔力替代」必將成為兒童成長過程中立即且唯一的課題。

　　　　　　　　　　黃　海　民國95年9月於台北

Part.01

會說話的狗

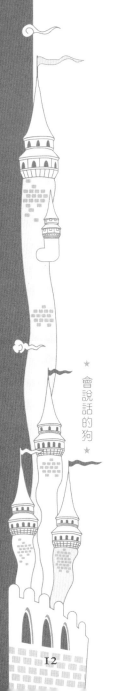

由陳天河博士精心設計發明的人工聲帶，可以裝置在動物的喉管裡，使動物發聲講話。這天，陳博士帶了兩隻穿著華麗衣服的狗兒，在自家草坪上對他們講話，四周聚滿了好奇的觀眾。

「動物只要經過改造，就會智能大開。」陳博士對大眾解釋著：「我們是運用了遺傳工程學的技術，使動物變聰明；再發明人工聲帶，使牠們會說話。」

兩隻狗，一黑一白，直立著走幾步路，豎起兩隻前爪向大家擺手致意，並且異口同聲的說：

「謝謝各位光臨！我們是狗，你們是人，我們喜歡與人類做朋友！」

兩隻狗還打了領帶，除了尾巴露出衣服外面以外，那副模樣就像個小紳士，牠們手牽手在草坪裡蹦蹦跳跳，隨著音樂節拍跳起舞來。

陳博士的兒子小傑在一邊拍手叫好，也跟著跳起來，他得意地說：

「終於成功了，牠們可以像人一樣走路、跳舞了！」

「小黑、小白！」陳博士說：「快對大家說幾句話，介紹自己。」

　　白狗挺胸凸肚，對眾人一鞠躬，得意地昂首，對眾人說：「我是小白，因為我的毛是白的，所以就叫小白。我是陳博士養大的，喜歡跟小朋友玩！」

　　「我是小黑，」黑狗也跟著一鞠躬說：「我的外表黑，心可不黑，我與小白是兩兄弟。在我們的世界裡，黑狗與白狗，或是黃狗什麼狗的，都一樣啦，我們誰也不會看不起誰。現在，我們正要找個女朋友。」

　　狗講的話，帶著怪腔調，但大家都聽得懂。大家都開心地笑起來，而且拍手叫好。有位電視臺的記者來做現場錄影，鏡頭對準小黑、小白的表演，也掃描了現場觀眾的各種反應。

這時，小傑的同學李正強帶了自己家的狗阿花來，阿花瞪著兩隻穿著衣服而且兩腳直立站著的狗，先是默不作聲，好似覺得奇怪，然後汪汪汪的狂吠一陣。

　　「怎麼樣？」小白仰仰頭，對阿花說：「對我有興趣嗎？我是小白，小白臉！我一見妳就想同妳做朋友。」

　　阿花怔了一怔，好像因為狗會講人話而驚奇不已，仔細再聽，她無法領會到底是怎麼一回事，只好再用一陣汪汪汪的狂吠來回答小白的問話。

　　「阿花，乖一點！」正強大聲嚷著：「他們想同妳做朋友哩！」

　　「阿花！」小黑開口講話了，必恭必敬的走過來，對阿花一鞠躬，伸出前肢來撫摸阿花的頭，對阿花說：「花小姐，妳肯賞光嗎？跟我出去外面逛逛好嗎？我請妳吃排骨好嗎？」

　　阿花眼睛眨了眨，豎起耳朵仔細聽著，可能是因為第一次聽到狗在叫她名字，而感到詫異震驚，在她無法理解怎麼回事時，只好再來一次狂吠，甚至衝到小黑身上，

咬住小黑的領結，好似咬住一個好吃的東西一般不肯放。

「阿花呀，別撒野！」正強喊叫著近前來把阿花拉開。

「好兇悍的傢伙！」小黑說，伸出前肢把弄歪的領結扶正。

「花小姐，」小白說：「請妳接受我的道歉，是我們不好，才惹得妳生氣，發起狗脾氣！」

陳博士對於這次公開表演很感滿意，他解釋說：

「大家都看得很清楚了，一旦狗有了智能，而且會講話，便會被同類排斥，那些狗朋友因為他會講人話可能把他當成怪物看待，我們現在只好再想辦法製造更多的聰明狗，來和小黑、小白玩。」

當天晚上有兩個黑影闖入陳天河博士的實驗室，使用昏迷槍打中正在熟睡中的小黑、小白，悄悄地把他們帶走了。

小黑、小白失蹤的消息經過電視的播報，全國都知道了。陳小傑著急地四處尋找，李正強也帶著他的阿花到

處聞聞嗅嗅，急著找出小黑、小白的下落。最著急的是陳天河博士，他對於自己辛辛苦苦改良變種的智能狗失蹤，真是焦慮萬分，一連幾天吃不下、睡不著。

在一個靜靜的黑夜裡，有一個黑影帶著一口大箱子又潛進陳博士的實驗室裡，立時警鈴大作。

「抓小偷！」陳小傑呼喊著從被窩裡爬起來，趕快奔回實驗室去。

只見陳博士已揪住一個大男人，正在對他大罵，那個小偷可憐兮兮的跪在地板上，就像一條搖尾乞憐的狗。

「對不起陳博士！我不是來偷什麼東西，而是來送還小黑、小白的。」

那個小偷顫抖著指指箱子，然後把它打開來，裡面

赫然出現兩隻可愛的狗兒，正是小黑與小白。他們身上的衣服縐巴巴、髒兮兮的，就像兩個小叫化子一般，看到陳博士和小傑，歡天喜地的跑過來，撲

16

在兩人的懷裡。

「到底怎麼回事哪？」小傑問。

「是這樣的。」那個小偷結結巴巴的說：「我本來想帶走他們去馬戲團表演，沒想到他們天天嘰嘰咕咕，說我是狗養的，才要靠狗吃飯，太沒出息了！要是我知趣的話，就應該把他們送回來，否則，他們要天天罵我。你們想想看，我本來是個堂堂正正的人，天天被狗罵，不是比狗都不如嗎？所以我還是把小黑、小白送回來的好。」

「你還算有良心，」陳博士說：「那些吃狗肉的人，以後想想狗會說人話，看看他們敢不敢再吃！」

「爸爸！」小傑說：「我們要讓動物說話，不要讓他們吃啞巴虧，他們才不會受虐待。」

陳博士頻頻點頭，打發那個人出去，並且婉言告訴他許多道理，那個人高高興興的回去了。

──原載1981年8月2日《聯合報‧兒童版》
選自1985年10月聯經版《嫦娥城》

★ 童話列車‧黃海童話 ★

Fairy Tale

Part.02

只要我長大

陳天河博士又要到月球去參加太空會議。

臨走時，他拿著實驗室裡的一瓶藥，高興地對小傑說：

「爸爸正在研究發明一種快速生長的藥，可以加速雞的生長，將來，我們就可吃到很便宜的雞肉，等爸爸回來了一定會有結果。」

爸爸說完，就把那瓶藥收入櫥子裡，笑嘻嘻的與小傑話別，機器人小寶也耍寶似的蹦蹦跳跳。爸爸習慣地叮嚀著：

「注意喔，實驗室裡的東西不要隨便亂拿，以免發生意外。」

但是小傑總是忍不住好奇心，他前幾天看到爸爸配好了那瓶藥，爸爸臉上露著非常得意的笑容，看樣子這種藥一定是神奇無比，功效奇大，爸爸才會這麼高興。

小傑等到晚上，就偷偷的從床上爬起來，打開機器人小寶身上的開關，小寶睜開眼睛，望著小傑問：

　　「小傑，你又想玩什麼花樣？」

　　「我想去拿那瓶藥來做實驗。」

　　小傑拉著小寶往實驗室裡跑，找到了那瓶藥，拿著藥瓶到院子裡的養雞籠外面，朝雞籠裡的小雞叫了叫，再把藥水倒進飼料裡，就跑回床上睡覺。

　　過了幾天，雞籠裡的小雞已經長得又肥又大。媽媽看了好奇怪，小傑就把機器人小寶找來，對媽媽說：

　　「是小寶調皮，把爸爸的藥拿來使用，小雞一下子長成了大雞。」

　　小寶無可奈何的眨眨眼。小傑對媽媽說：

　　「我們可以殺隻雞來吃吃看，也許味道不一樣。」

　　媽媽把雞殺了，才想到爸爸的叮嚀，不可以隨便亂動爸爸的東西，因此，煮熟的雞肉，只好放在冰箱裡。

　　小傑又偷偷的把冰箱打開，拿雞肉去餵貓。

　　家裡的貓長得好快，這是當初所沒有意料到的，只

有幾天工夫，已長得像一隻大狗，而且還在繼續長。媽媽一看小傑闖了禍，趕緊叫人做了一個籠子，把那隻變大的貓關起來。

貓在籠子裡面越長越大，成了一隻大老虎，只是叫的聲音與老虎不一樣。

「現在我知道了，」小傑說：「原來老虎是貓變的。」

「胡說，」小寶用一隻手指頭豎在唇邊：「你闖了大禍，爸爸回家以後，你又要挨揍了。」

果然，爸爸回來看到籠子裡的大貓，就大發脾氣，把小傑叫過來打了幾下屁股，數落小傑說：

「幸虧你沒有吃雞肉，否則你要變成小巨人，爸爸就沒辦法把你變小了。」

「爸爸，」小傑問：「怎麼會這樣呢？爸爸發明的藥這麼厲害嗎？」

「這是爸爸當初所沒有想到的。」爸爸說：「發明了長大藥，所有的動物、植物都長大，到時候，這個世界不出亂子才怪？就像傳染病一樣，實在太可怕了。」

★ 只要我長大 ★

「這麼說，這種藥還不算成功，不能拿來使用囉！」

「對的。」爸爸說：「當初以為動物吃了長大藥以後，可以給人類來吃，如果人類吃了肉也一樣長大，那就糟了。」

「怎麼會呢？」

「這是非常危險的，千萬試不得。」爸爸很鄭重嚴肅的說：「你可不要喝長大藥呀！」

小傑希望自己快快長大，也能像大人一樣自由自在，不必念書，挨爸爸媽媽罵，可以做大人想做的事。當天晚上，他又溜進實驗室去，把那瓶長大藥喝了幾口，回到床上躺下。

小傑發現自己的身子越來越膨脹，他站起來，身子穿過房頂，直達天空，伸手幾乎就可以摘到星星，低頭望望腳下，房子像火柴盒，人群如螞蟻，而且身子還不斷的在長高變大。他開始驚慌，他無法移動自己身子，於是拚命的喊叫！

「爸爸救我！爸爸救我！」

小傑的額頭一陣刺痛，睜開眼睛，看見爸爸就站在床邊，手裡拿著一具作夢機，小傑明白剛才一定是爸爸用作夢機使他作了夢。

　　「爸爸，」小傑說：「剛剛我喝了長大藥，以為我真的長大了，結果我卻走不動，成了大金剛似的。」

　　「爸爸把那瓶藥水換了，」爸爸說：「要長大是急不來的，就算你的身體一下子長大了，也是笨頭笨腦的，有什麼用？」

　　「那麼長大藥還沒有成功囉？」小傑問。

　　爸爸嘆了一口氣說：

　　「要等你長大以後再研究吧！爸爸承認失敗了。」

　　小寶在旁邊插了一句嘴：

　　「小傑，你就快快長大，去研究安全的長大藥吧！」

——原載1981年10月4日《聯合報·兒童版》
選自1985年10月聯經版《嫦娥城》

★ 只要我長大 ★

24

Fairy Tale

Part.03

機器人
掉眼淚

Fairy Tale

陳天河博士又完成了一個機器人，就擺在他的實驗室房間裡，他要兒子小傑站在房門口等待。果然，就在陳博士打開門時，裡面衝出一個小頑皮，嘻嘻哈哈對著小傑笑。

小傑楞住了。望著爸爸困惑地問：

「他……他，他是機器人？」

小傑興奮的緊抱著機器人小寶說：

「小寶，我的小寶貝，小寶，小寶，真寶貝！」

自從機器人來到他家後，小傑不再吵著要媽媽生個小弟弟或小妹妹，他已不再寂寞，整個暑假與機器人玩得好快樂。他與機器人就像一對親愛的小兄弟。

「你知道為什麼嗎？」小傑把他心中的疑問說出來：「媽媽不願生個小寶寶跟我玩，爸爸卻製造了一個機器人跟我玩？是不是嫌我頑皮，會欺負弟弟和妹妹？」說完，小傑的眼圈紅了，有點想哭的樣子。

「不是的，小傑。」機器人說：「你沒聽說過人口爆炸嗎？我們機器人只有幫助人類，不會給人類帶來負擔，

所以嘛，爸爸就製造我這個小寶。」

開學了，機器人小傑又不能帶著小寶出去玩。爸爸說，小寶還要幫助他做實驗；媽媽說，小寶有時還要幫忙家務，現在到處請不到佣人，只有機器人可以任勞任怨，不拿薪水做事，所以機器人小寶成了家裡的萬能助手。

那天晚上，小傑睡覺的時候，夢到自己功課不好被老師罰站。小傑玩心太重，整個暑假玩得太過分，收不了心，夢裡的情形使他害怕不已，他醒來時，忽然想到：假如機器人小寶，能夠代替他到學校去上課，那麼他就可以盡情的出去玩。但是，小寶的長相要改換成小傑的模樣，那樣老師、同學都不會發現，還天天誇獎小傑聰明，天才兒童陳小傑的頭腦比電腦還快、還準確。

爸爸出差去了。小傑就利用禮拜天，命令小寶把更換機器人容貌的方法講出來，他與小寶合作，把機器人的容貌修改成與小傑一模一樣，又把自己的容貌加上一個特殊的面具，變成原來機器人的容貌，這樣兩個人就相互交換了身分，小傑得意極了。

機器人在學校的功課樣樣好，每科都滿分，有問必答、有答必對，同學老師個個敬佩萬分，所得到的獎勵多得不可勝數，甚至於他的聰明根本就勝過任何老師和校長。

小傑得意極了，因為他扮演的機器人居然能騙過媽媽，而機器人扮演的小傑，也唬住了所有的人。

機器人在學校的表現越好，小傑就越不敢再回學校，他怕人家揭穿他的騙局，他要保持原有的榮譽，使機器人的能力打敗所有過去取笑他的人。

「今天老師被我問得說不出話來。」機器人說：「後來我把答案告訴老師，老師羞紅了臉！」

「那個大黑眼睛的、留長頭髮的女孩子，今天來問我幾題數學。我統統教她了。」

每天聽到機器人這樣說，小傑便樂不可支。

終於，小傑不敢再回學校了，他怕自己再像過去那樣呆笨，遭到更大的恥笑。他只有專心做一個機器人。爸爸回來後，要他做這做那，有些是他沒有辦法做到的，原是機器人才可以做到的，因此，他挨了好多罵。

但是機器人是不能生氣的，他只有偷偷地哭泣！

他覺得好累，好累。他好後悔，為什麼好好的人不做，要做機器人，他很想做一個真正的人，但是，如何去改變這個局面呢？

有一天，他又挨了爸爸一頓罵，忍不住掉下眼淚，被爸爸看見了，好奇地說：

「咦！機器人會掉眼淚？莫非壞了，我來修理修理！」

陳博士拿起棍子，作勢要朝機器人身上打去。

「爸爸，」小傑急急地叫起來：「我是⋯⋯我是小傑呀！」

「爸爸早知道了，」陳博士說：「你這個假機器人還騙得過爸爸嗎？」

小傑撲到爸爸身上痛哭了起來。

──原載1981年10月18日《聯合報·兒童版》
選自1985年10月聯經版《嫦娥城》

★ 機器人掉眼淚 ★

大鼻國歷險記

　　傷腦筋博士的實驗室裡，常常在晚上傳出怪聲音，有時候像千軍萬馬在奔騰急走，有時候又像狂風暴雨夾著飛沙走石；有時候像各種飛禽走獸在裡面嚎叫，有時候則像太空火箭發射時的震響和呼嘯，亂哄哄的，好不熱鬧。

　　傷腦筋博士常常被這些怪聲音吵醒，半夜起來，揉著眼睛走到實驗室查看，卻都沒有發現什麼影子或聽見什麼聲音。

　　「有鬼嗎？」傷腦筋博士自言自語。

　　「這是什麼時代了，還會有鬼作祟嗎？」他自問自答：「也許是睡覺時，自己作夢所產生的幻覺吧！」

　　每次傷腦筋博士躺回床上去睡後，作的夢大多是與實驗室的怪聲音無關的。他常常夢見自己駕著太空船，到外星球觀光考察，以了解外星人如何解決他們的垃圾問題、空氣污染問題，還有核子廢料問題。這正是他日夜傷腦筋的事。

　　沒想到，現在，他卻為自己的實驗室所發生的怪事大傷腦筋。

「如果有鬼，我非要抓到他不可！」傷腦筋博士咬牙齒、摩拳頭、瞪眼睛，臉色脹紅得像熟透的蘋果。

　　有一天晚上，傷腦筋博士就躺在自己實驗室的地板上睡覺，並且準備了紅外線照相機，預備等鬼一出現，就按下快門，讓鬼樣子原形畢露。睡到半夜時，忽然雷聲隆隆，閃電大作。他以為打雷下雨，趕緊起來要關好門窗，免得雨水打進實驗室。

　　「天呀！」傷腦筋博士低呼了一聲。

　　外面靜悄悄的，連一點風也沒有。每一棵樹木都站得規規矩矩的，花草也都蕭立不動，沒看見有一株草木彎腰駝背或發抖的。月亮又圓又大，明亮地掛在無雲的夜空中，從樹梢上對他微笑。

　　傷腦筋博士咒罵了一句：「有鬼！有鬼！真是有鬼！」他拿著照相機的手鬆了，照相機跌落地上。一手摀著光禿禿的腦頂，一手摀著臉，眼睛透過手指縫隙看出去。黑暗中，除了實驗室裡原有的儀器以外，什麼也沒有，而雷聲和閃電也消失得無影無蹤。

「開燈吧！」傷腦筋博士命令電腦。

「好的，我的主人。」電腦回答的同時，室內電燈已經亮了。

傷腦筋博士一顆七上八下的心，馬上平靜下來。「沒有鬼吧！」他用手擦擦額頭上的冷汗，又問電腦說道：「到底怎麼回事？萬能者，剛才不是我作夢吧？屋子裡面打雷閃電，你也聽見或看見吧！怪可怕的……」

「主人呀！我把你嚇著了嗎？」電腦的兩個眼睛是兩隻電眼，凸出在牆壁，正在轉動，顯然正在注視傷腦筋博士的一舉一動。

「嘿！萬能者！」傷腦筋博士拍拍自己胸口，嚥了一口口水，壓壓驚，問說：「原來是你在捉弄我？」

「對不起，主人呀！」萬能者電腦終於說出了真相：「我雖然被你命名為萬能者，但是，我什麼也沒有，什麼也不能做。我不能呼吸，聞不到花香，不能享受可口的美食。我不能跑，也不能跳，不能到外面去玩、看山、看水，看不到各種新奇的事物。我只是一架機器，每天二十

四小時不斷地在替你工作，實在太乏味！只好自己逗逗樂，弄些怪聲音，嚇嚇你。主人你別生氣呀！」

「唉！那你還想怎樣呢？」

「我想求主人，為我製造一副身體，和人類一樣的身體，像小精靈一樣可以自由自在地出去走走看看，不必每天守在實驗室裡。」

傷腦筋博士想了想說：「好吧！我就成全你吧！你不到外面去看看，是不會甘心的！不過，我為你造了身體之後，你到外面只是去玩玩看看，你得順便替我負責一項任務——把綠色植物的種子，散播到世界各個角落，使我們的地球能夠起死回生。」

經過不眠不休的工作，傷腦筋博士終於製造出一副與人類一模一樣的身體。他有烏黑的頭髮和眼睛、靈巧的鼻子和善於說話的嘴，外貌清秀，聰明又討人喜愛，差不多是十歲小孩的身高。

「嗯！不錯！不錯！」傷腦筋博士仔細看著他完成的人造人，露出滿意的微笑。他並且把電腦的記憶體和感覺

程式，輸入人造人的腦部，再
為人造人穿上合適的衣服。

　　一會兒，人造人轉動眼珠
子，注視傷腦筋博士，從實
驗臺上坐起來，東張
西望。

　　傷腦筋博士告
訴他說：「我現在
為你取個新名字，
就叫你小豆豆好
了。小豆豆的意思是——一顆種子，等待著發芽、成長、
茁壯。也許等你遊歷歸來時，地球各處已長出綠色植物，
而你自己也真正長大了哪！」

　　小豆豆把自己的身體轉了一圈，看看雙手，用手摸
摸臉、抓抓鼻子、拽拽耳朵，活潑地跳躍幾下，緊緊地摟
著傷腦筋博士親他，為了實現了期待已久的願望，而興奮
不已。

「我終於有了身體了！」小豆豆喊著說：「傷腦筋博士，多謝你為我傷腦筋。」又投到傷腦筋博士的懷中，擁抱著他，與他依偎片刻。

　　傷腦筋博士偷偷地擦掉眼角的淚珠。他放開小豆豆說：「準備出發吧！」然後，按了按手上的遙控器。實驗室的另一個房間，開啟了一道圓形的電動門，升降平臺運送上來一隻背上長著蘋果樹的牛，還有一隻全身長滿青草的綿羊。

　　「這是蘋果乳牛和青草綿羊。」傷腦筋博士介紹著：「他們都是靠著遺傳工程學的技術，所產生出來的傑作，就是利用改變動植物遺傳基因的方法，製造出來的所謂合

成動植物。要挽救地球，只有多增添綠色的植物，過濾污濁的空氣。現在我們製造了這蘋果乳牛與青草綿羊，但願人們能夠知道植物的可貴，珍惜植物，並且懂得不隨便污染空氣和大地。」

「真有意思！」小豆豆撫摸著蘋果乳牛的身體，感到很驚奇。他伸手摘了一個蘋果，咬了一口，說：「真好吃！」

「這是沒有噴撒農藥的，」蘋果乳牛的嗓音重重沉沉的，有如從水缸裡傳出聲音：「我的牛奶也歡迎你嘗嘗。」

小豆豆抓著乳牛的奶，往嘴裡送，津津有味地吸了幾口，說：「啊，設計得真好！」

傷腦筋博士指著那隻青草綿羊說：「這隻青草綿羊，有一個重要的用途，那就是他身上的青草，會隨著他跑跳活動，散播青草種子，讓大地有綠色的生機，有更多新鮮的空氣。」

「我們跟小豆豆去旅行，」青草綿羊的高音調從他的喉管裡發射出來，讓人耳膜發癢：「那我們要吃什麼呢？

聽說外面的世界，好多地方不長青草的。難道我吃自己身上的青草，他吃自己身上的蘋果？」

「不急！我們到外面去看看！」傷腦筋博士說完，帶著他們走出實驗室。

廣場上停著幾個巨大的圓形球體，上半部是透明的。傷腦筋博士指著它們說：「這種球體叫做生態飛行球，球體的外殼是保護膜。當它關閉起來，裡面可以完全自給自足，空氣和食物可以循環使用，不需要從外面補充。裡面等於是一個地球，動物和植物是互相依賴生存的。即使你們不打開門來，也可以在生態球裡面住一輩子。但是有一點必須注意的，裡面如果乘客增加了，空氣和食物就會不夠，就不能長久關起門來生活，得從外面補充一些東西了！」

他們走入生態飛行球。裡面大部分是青草和低矮的灌木，還有一個小水塘，養著藻類和魚蝦，角落裡有幾隻雞和鴨。小豆豆和牛、羊、雞、鴨等的食物及空氣，裡面全都有了。還有一間儀器室，用來控制生態飛行球的航

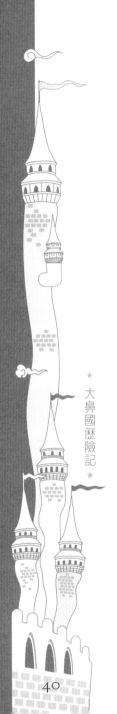

行，幾個機械式的簡單機器人，可幫助小豆豆，聽小豆豆的使喚。小豆豆衝進去，跳起來連連拍掌說：「好棒呀！好棒呀！」

傷腦筋博士卻說：「外面的世界可不是好玩的呀！你們出去之後，就會知道怎麼回事啦！就會明白，為什麼要製造生態飛行球給你們使用。」

「再見！」小豆豆、蘋果牛和青草羊向傷腦筋博士告別。生態球很快地飛起來，直上高空，離開老家。

「啊！怎麼會這樣呢？」小豆豆驚叫了起來。

飛過幾座大山後，他們看到一片光禿禿的土地，枯乾焦黃而龜裂，河流也渾濁發黑，浮著許多動物的屍體。魚兒腹部翻白，鳥類有斷頭的、有散翅膀的，活像破碎零亂的扇子，漂在水面。天空中時而有成排結隊的昆蟲，像黑壓壓的雲一般遮蔽太陽光飛過。

生態球上的自動偵側系統不斷地在活動，並且提出報告：「這一帶的空氣很糟，根本不適合人類居住。」

小豆豆把生態飛行球停靠在河岸旁的岩石後面，然

後打開門走出外面四處看看。

突然，不知從哪裡冒出一群披頭散髮、鼻子很大、身材瘦小的人，對他指指點點、叫叫嚷嚷地圍過來：

「那是什麼大球？」

「從哪裡來的人？和我不一樣哪！」

「這是什麼牛？什麼羊？好奇怪啊！」

「有蘋果口也！」其中一人驚叫起來。

許多人爭先恐後地擠到牛身邊，爬到牛背上，摘了蘋果，狼吞虎嚥，大吃大嚼起來。

「你們放尊重一點，別這樣對待我呀！」蘋果牛喊著，並且發出「ㄇㄡˊㄇㄡˊ」的低沉叫聲。

許多人嚇得倒退了幾步，異口同聲地說：「牛怎麼會說話？」

但是，蘋果實在太好吃了，也顧不了那麼多了，大夥兒又爭著去採蘋果吃。其中一個突然想起：「採幾個給我們大鼻王吃吧！」

「慢點，你們不要命啊？也不知道是否有毒，就大吃特吃！」突然，在一塊大岩石後面，走出一個身材較為高大，鼻子也大得出奇的大鼻人，對著眾人喊起來。他就是大鼻王。

眾多的大鼻人飢餓的肚子起伏著，畏懼的目光停留在他們首領的身上不敢言語。大鼻王數著剛才摘蘋果的人：「一個、兩個、三個……十二個。嘿！你們十二個人，不怕死呀？看到東西就吃，萬一有毒或有傳染病細

菌，不是全都完蛋了？派兩個人過去，把檢驗機抬出來，檢查檢查再說。」

兩人跑到大岩石的後面，抬出一台沾滿了灰塵污垢的機器，看來好似幾百年前的破舊機器。十二個大鼻人把自己剛才未吃完的蘋果，分別投入那機器中。大鼻王按了按機器的觸鍵，滴里搭拉一陣響聲。大鼻王吁了一口氣說：「還好！沒有毒！」

眾人高興得手舞足蹈，彼此擁抱著。

小豆豆早已嚇得臉上一陣青、一陣白，躲在蘋果牛和青草羊中間，直打哆嗦。但一想，還要逃命要緊，就拉著蘋果牛和青草羊往生態球的方向跑。大鼻王卻飛快地追過來，手拿獸骨做武器，擋著他們的去路。

「大家快過來，抓住他們，別讓他們逃走！」大鼻王一邊揮舞著手中的大獸骨，一邊向眾人發號施令。

小豆豆想帶著蘋果牛和青草羊從左翼逃跑，卻被地上的枯樹幹絆倒。等他爬起來時，早已被大鼻人團團圍住。他的兩個同伴，無可奈何的望著他。

大鼻人長久以來，就一直在骯髒的空氣以及惡劣的環境中和低等生物共同生活著，凡是能吃的動物、昆蟲、樹皮、草根，都快被他們吃光了。如今忽然從天下掉下蘋果牛、青草羊，他們真是太高興了，可以痛痛快快吃一頓，起碼有一陣子不用再餓肚子。他們把小豆豆和青草羊關起來，卻把蘋果牛帶走，希望從蘋果牛身上擠出牛奶來給大家喝。

小豆豆抱著青草羊暗暗地哭泣，突然，發現自己的腳趾頭不知什麼時候伸進一只黑色的罐頭裡面，癢癢的，好像有什麼東西在舔他、咬他。他把腳趾抽出來，黑色的罐頭蹦跳幾下，變了形狀，竟然是一隻黑色的老鼠。

「我是罐頭鼠哪！」老鼠抬起兩隻前腳，站在他面前說：「你們被抓了，沒關係，讓我想辦法救你們。不過，如果我救了你們，希望你們答應我，帶我一起走。」

「你想到哪兒去呢？罐頭鼠！」小豆豆將信將疑地看

著他：「你又如何救我們出去呢？」

「你們大概不明白，這裡的人為什麼鼻子特別大。因為他們長期生活在骯髒的空氣中，呼吸空氣必須加強過濾，年代久了，鼻子就……就變了形狀，垂了下來，像個肉瘤。他們原先有許多前人留下來的罐頭，是裝了新鮮空氣的，只有在他們認為有什麼值得慶祝的情況之下，才會拿出一罐，大家輪流吸一吸，過過癮。現在只剩下最後一罐了……」

「那你要怎樣呢？」小豆豆緊緊地追問。

「我乘機把最後一罐空氣罐頭偷出來，自己裝作是空氣罐頭，趁他們拿起我這個罐頭要吸空氣時，咬住那人的大鼻子，讓他大吼大叫。到時候一定一陣混亂，我們就採用聲東擊西的方式，我一邊逃，讓他們追，你就快快把蘋果牛和青草羊帶走。」

果然，這天晚上，大鼻王舉行了一個營火晚會，所有的大鼻人都圍在一起，分享著蘋果與牛奶，並分吃一些烤過的蝗蟲、蟑螂和小蜥蜴等。大鼻王叫人把青草綿羊和

小豆豆帶來，對小豆豆說：

「對不起，小豆豆，你的青草綿羊很可愛、很乖順，但是我們肚子很餓，好久沒吃到肉了。我們要把你的青草羊殺來吃，你可別怪我們！要不要和我們一起享享口福？」

小豆豆驚惶得說不出話來。他只有想著罐頭鼠的話，希望罐頭鼠趕快出現。

大鼻王叫人去拿空氣罐頭，說：「這是最後一罐。我有氣喘毛病，需要呼吸新鮮空氣，就讓我一個人享受這最後的罐頭吧！」

大鼻王拿到的空氣罐頭實際上是一隻罐頭鼠。他把罐頭先擱在一邊，然後在自己鼻子和嘴巴之間套上了一具罐頭接合器，以便罐頭套進去後，呼吸空氣時，不會飄失掉。

就在大鼻王把罐頭套上接合器時，那隻罐頭鼠突然咬住大鼻王的大鼻子。

　　大鼻王狂跳起來，全身顫抖不已，用力想拔開那隻罐頭鼠……眾人以為他是太高興了，正在跳舞跳個不停，也跟著跳躍歡呼：「好棒！好棒！今晚我們要飽餐一頓了！」

　　大鼻王因為嘴巴被罩住講不出話來，只能悶悶地發出伊伊唔唔的聲音，臉色發紫。直到他死命地把罐頭拔開來後，才發現那只罐頭是一隻老鼠，大吼一聲：「快抓老鼠！可惡的老鼠，痛死我了！」

　　趁著眾人在混亂中，小豆豆牽著蘋果牛和青草羊走了。青草羊跑得最快，跑回飛行球去，小豆豆和蘋果牛卻又被抓了回來。

　　大鼻王坐在一段枯樹幹上，生氣地望著小豆豆和蘋果牛：「你們實在太不像話了，竟敢聯合老鼠欺負我大鼻王！」

　　「不是的，不是我！」小豆豆畏懼得縮起脖子。

「是罐頭鼠！我知道！」大鼻王一邊撫摸著鼻子，一邊說：「上次我們捕捉罐頭鼠，抓到了一千多隻，統統把他們吃了，所以他不甘心，想要為他的同伴報仇，唉！這也難怪的。但是，罐頭鼠他應該原諒我們。我們也是情非得已嘛！他……他……」說著說著，也許是情緒太過激動，竟然喘得上氣不接下氣。「完了！完了！我需要……需要新鮮空氣……我快悶……悶死了！天啊！快！快……快救救我！我……」

　　天空中突然飛來一個發光的大圓球。小豆豆抬起頭來，一看是他的生態飛行球，趕緊朝上面揮手，喊道：「來呀！快停下來！快……快來救人呀！大鼻王需要新鮮空氣！」

　　生態飛行球有靈敏的自動感應系統，在它收到小豆豆的呼喚聲音之後，緩緩地下降落地。玻璃門打開，青草羊在門口探視。只見小豆豆扶著大鼻王走進生態球裡來，蘋果牛跟隨在後。小豆豆說：「快開內門，救人要緊！」

　　原來生態飛行球的門有兩扇。從第一道門進來後要

等它關上，第二道門才能開啟，以防止空氣外洩。

　　大鼻王四肢無力，鐵青著臉，被扶進生態球裡面。青草羊「ㄇㄧㄝ　ㄇㄧㄝ」叫了幾聲說：「唷！大鼻王怎麼了？」

　　「大鼻王氣喘又犯了！需要新鮮空氣！」小豆豆說：「讓他斜躺一會兒，在這兒享受新鮮空氣，慢慢就會好的。」

　　果然，幾分鐘後，大鼻王臉色漸好，精神奕奕地站起來，笑著說：「真好！真好！這個地方的空氣真新鮮——鮮——」

　　「大鼻王！我們這地方的空氣為什麼新鮮，你知道嗎？」小豆豆說：「因為我們有許多綠色植物。蘋果牛和青草綿羊也是功臣之一，他們的身上都會放出氧氣。如果你把青草羊殺了，你們只是暫時飽了肚子，卻使這星球少了一分氧氣。還有更重要的一點你不知道，當青草綿羊在走動時，同時也將青青種子四處散播，使你們這枯黃的大地，不久的將來又重見綠色，也同時有了新空氣。」

大鼻王感動地抱著青草綿羊，親吻他，流出了眼淚說：「我真慚愧！真不懂事！那今天我們該什麼辦呢？你們願不願意幫助我們，重整家園呢？」

　　小豆豆說：「要愛護花草樹木，才會有新鮮的空氣。我們來到這裡，就已經在幫助你們。青草綿羊已經替你們散播了青草種子，而蘋果牛的蘋果，你們都吃過了。丟在地上的蘋果核，在不久之後，也會長出蘋果樹來，你們就要有新鮮空氣和蘋果可吃了。」

　　大鼻王甩甩他的大鼻子，連連點頭說：「我們會記得你所說的，謝謝你們，也請你們原諒我們的無知！」

　　「對了！罐頭鼠呢？」小豆豆問。

　　罐頭鼠忽然從一個角落冒出來說：「我在這裡！」

小豆豆對他說：「罐頭鼠！你還是留在這地方。我們還要去許多地方，有許多工作要做，帶你不方便。」又回頭對大鼻王說：「從今以後，你們和罐頭鼠應和平相處。這塊土地需要你們大家共同來愛護。」

　　大鼻王和罐頭鼠握手言歡：「今後，我們將是好朋友！」

　　罐頭鼠對小豆豆說：「小豆豆！我還是想和你們一起走，因為我想尋找我們過去在垃圾山的老朋友。我和你們一起，不會消耗你們太多的食物和空氣，同時或許我還可以一路上幫你們的忙，分擔你們一些工作。」

　　小豆豆想了想說：「也好！」

　　大鼻王和他所有的同伴向小豆豆揮手告別，目送他們的生態飛行球離去。

——原載1987年3月《大同》月刊
　　選自1988年5月聯經版《大鼻國歷險記》

Part.05

玻璃獅子

Fairy Tale

晚上，安安趁著爸爸、媽媽出去參加宴會時，偷偷的從爸爸的抽屜裡找到一捲他喜歡看的錄影帶：《機器貓小叮噹》，把它放進錄影機裡播映出來，津津有味地欣賞著，忘了爸媽交代的話：「放假的日子，功課做完後才能看錄影帶。」

爸爸、媽媽回來時，安安來不及關機，被逮個正著！

「安安！你做錯了什麼事，你知道嗎？」爸爸的臉繃得緊緊的，暴風雨就要來臨的樣子，「你偷拿了爸爸的東西，雖然錄影帶是爸爸租來給你看的，但是我們約定了——放假天要功課做完才准看的，你忘了嗎？太不聽話了！」

安安頭低低的，不敢吭聲。快樂機器人在旁邊小聲的說：「不是告訴過你了嗎？」

安安走過去捶打快樂機器人的背，無意中滑了一跤，把酒櫃上的一只古董——玻璃獅子震動掉落地上，斷成兩半。

玻璃獅子

這下安安可闖了大禍！爸爸氣呼呼的拿起一把長長的竹尺，要安安伸出手來，打了手心，又打了屁股。

安安哭了起來，直到他睡覺時，還覺得很委屈。

「別哭啦！」爸爸過來安慰他，摸摸安安的頭，輕輕地說：「爸爸小時候還不是一樣調皮，不過，爸爸小時候是沒有電視可看的，更不曾夢想到會有錄放影機，就像在自己家裡看電影……你要好好用功，不要給這些東西迷住了……」

安安感受到一股溫暖，從爸爸的手心傳到他身體裡，流動在他心的深處。

快樂機器人在旁邊，朝安安扮了一個鬼臉，說：「我們去看看爸爸小時候吧！就搭時光機器過去吧！你閉上眼睛，好好想一想……讓我們回到爸爸小時候——回到爸爸小時候……」

果然，時光機器不久就出現在

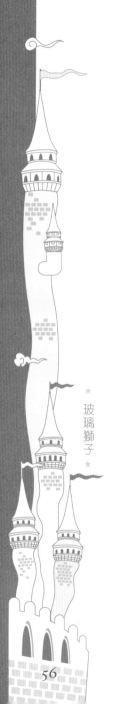

身邊了。他們坐上它，快樂機器人說：「這次要時光倒流，回到三十五年前……」

小鎮裡的一家電影院，今天在放映《泰山救美》，一輛三輪車外貼著海報，有人在車裡使用擴音器向鎮民廣播介紹影片內容，許多小朋友就跟在後面跑跑跳跳，時光機器遠遠的跟著，卻引起有些人的好奇。快樂機器人指著其中一個穿短褲、打赤腳、光著上身的小孩說：「那個叫阿丁的，就是你爸爸！你下去找他吧！別讓他知道你是他兒子。」

安安悄悄地跟在後面，只聽到那個叫阿丁的小朋友，跟身邊的小朋友在交頭接耳說：「今天該我們看電影啦！輪到我們四個人踩他們的肩膀爬牆過去了，你們一定會喜歡《泰山救美》！宣傳車說影片裡有大象、猩猩、老虎、獅子、猴子……看完後，我們可向同學吹噓一番！」

哦！原來爸爸小時候，也是個調皮鬼，還爬牆進電影院偷看電影！怪不得爸爸常說「泰山」的故事給我聽。

安安來到破舊的電影院門口守候著，快到了電影放

玻璃獅子

映的時間，那個叫阿丁的和其他六個小朋友都出現了，安安也混在裡面。

「今天進去四個人！」阿丁點名似的一一指著其他三個人。

「我也要進去看！」安安說。

「你是哪兒來的？」阿丁奇怪地看著他。「我們以前沒有見過你……」忽然一怔，上下打量著安安，改口說：「不過，我覺得你很面熟，你為什麼穿這麼漂亮的衣服、鞋子？你看我們都光著上身哩！」

嘻嘻……安安差點笑出來，卻又感到小時候的爸爸實在太窮酸可憐了，忍不住引起他的同情心。於是他說：

「你們讓我進去看一次電影，我就送你們每個人一樣東西，好不好？」於是，每個人都提出了要求：

「我要一件像你身上穿的衣服！」

「我要一雙鞋子！」

「我要一把玩具手槍！」

「我要一盒好吃的糖果！」

「我要洋娃娃！」

阿丁還在思索，想不出要什麼東西，安安說：「我送你一隻玻璃獅子好了！」

「一言為定！」安安和阿丁勾勾手指頭。

就這樣，安安跟阿丁，爬上了其他兩個人的身上，踩上他們的肩膀，正要爬牆過去，猛聽得一聲可怕吆喝，有如炸彈般炸開來：

「喂！小鬼！不要命的！小偷才爬牆！」

玻璃獅子

兩個人唏哩嘩啦滾下來，下面的四個人原來分成兩組，面對牆壁，突然因為站立不穩，也摔得人仰馬翻。

　　一群人被帶到戲院老闆那兒訓了一頓，每個人的頭都低低的，有如洩了氣的皮球般，再也調皮不起來。安安暗暗好笑。

　　大家都出來了以後，快樂機器人從時光機器裡取出一大堆的禮物分贈給大家，有衣服、鞋子、玩具手槍、糖果、洋娃娃等。快樂機器人看起來只是個普通的小朋友，大家都不知道他是一具超級機器人，他能聽到一般人所聽不到的聲音，因而很快的準備好了禮物。

　　「為什麼發給我們禮物呢？」阿丁奇怪地問：「我們並沒有幫上忙呀！還讓你也跟著挨罵呀！」

　　一具透明亮麗的玻璃獅子，就塞到阿丁手裡。安安說：「這是給你的，阿丁！我答應給你的禮物，我叫安安！是你的好朋友！」

　　阿丁的眼神茫然，好像在問為什麼？

　　「為什麼？」安安了解阿丁的心理，他撒了個謊說：

「我就是戲院老闆的兒子，我爸爸希望我能感動你們這些頑皮小孩，不要再爬牆，還拿了這些禮物要我送給你們。」

「嚇！」阿丁的眼睛瞪得有如彈珠般圓。「真有這回事？」其他小朋友也不約而同怪叫起來。

「我真笨！」阿丁跺跺腳，還用手掌打自己的腦袋說：「既然你這麼有錢，穿著這麼好，可以送我們東西，怎麼可能沒錢買票看電影？還和我們一起爬牆！」

「對啦！我們應該早就想到這一點。」另一個也應答著。

「嘿！說不定他就是故意摔下來的！」還有一個說。

安安不好意思再聽下去了，說了聲「再見」，拔腿就跑，溜之大吉，免得穿幫。

安安醒來的時候已是早上，時光機器已不在身邊，快樂機器人坐在床邊對他微笑。這時候爸爸手裡拿著那只昨晚被摔破的玻璃獅子走了進來，好像有什麼心事似的。

「爸爸把玻璃獅子用接著劑黏好了！」爸爸很難為情

玻璃獅子

的說：「你知道爸爸昨晚為什麼那麼生氣嗎？有件事爸爸始終沒告訴過你，爸爸小時候也很頑皮，這只玻璃獅子就是我小時候爬牆偷看電影被捉到，戲院老闆的兒子送我的，叫我以後不要再幹那種事，這是件寶貴的紀念品呀！」

「那個送你玻璃獅子的小孩叫什麼名字？」安安問。

「他叫安安！」爸爸說：「因為他給我的印象很深刻，所以你媽生你時，我就把你取名叫安安，就是為了要紀念他。」

安安把那只玻璃獅子拿過來，不斷地撫摸著，眼淚不知不覺地掉了下來，滴在玻璃獅子上面，閃閃發光。他抬起頭來，也看見爸爸的眼眶裡，有水亮

的淚珠在閃閃發光。

　　快樂機器人的兩眼快速地眨了眨，把這一幕感人的
景象拍下來，存進他的記憶系統裡。

　　　　　　　　——原載1989年9月5日《台灣日報‧副刊》
　　　　　　　　　選自1991年2月九歌版《時間魔術師》

★
玻璃獅子
★

Part.06

第三隻腳的味道

　　「時光機器真是奇妙呀！」安安說著，腦袋裡迴轉著許多奇奇怪怪的幻想。不自覺地摸摸身邊的毛毛狗。

　　快樂機器人在駕駛座上操作著時光機器，他前面的時光顯示板，數字不斷變換著，當它停下來時，顯示著：二五〇一年。周遭圍了大堆的人，吱吱喳喳的，你一句、我一句，吵得很厲害：

　　「咦？哪來的怪人？只長了兩條腿，少一條腿……」

　　「還有一隻狗哩！」

　　「好像是古時候的人呀！」

　　「不！也許是在拍電影吧！」

　　安安和快樂機器人手牽手，走出時光機器，毛毛狗汪汪地輕吠了幾聲，向一群陌生人打招呼。

外面的空氣好新鮮，舉目四望，盡是綠油油的草地，美麗極了，太陽光照在身上好暖和，許多鳥兒在樹枝上快樂地唱著歌；不遠處，清澈的河水裡有魚兒自由自在地游著。

安安覺得好舒暢，再仔細看看周圍的陌生人，不由得嚇一跳，他們都是三隻腳的人，那第三隻腳不走路時，就被當作椅子支撐在屁股上，顯得很滑稽。

安安勉強抑住內心的不安，向眾人行了禮。快樂機器人說：

「很冒昧，打擾了！我們坐了時光機器，飛過了頭，我們是從二十世紀來的……」

「不行呀！你們二十世紀的人最髒呀！」一個人滿頭長長鬈髮的老頭子，尖聲叫著：「要把他們隔離起來，好好的檢查檢查，看看有沒有二十世紀的壞思想，才放他們走！」

於是，安安和快樂機器人被關在二十六世紀的最新科學檢驗室裡面，那隻可愛的毛毛狗也不例外。

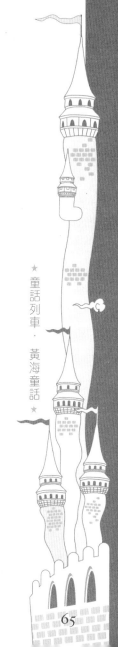

牆壁上巨大的電視幕映出了一段話：

　　二十世紀的人類，把地球環境破壞了，害慘了二十一世紀以後的人類，所以凡是從二十世紀來的人，都必須小心加以檢查，看看他們過去的行為、思想乾淨不乾淨，會不會愛護環境。

　　許多奇怪的機器人在安安身上做各種實驗，有的打針，還有的測試心跳、體溫、呼吸。最後，他的腦袋被一頂奇怪的金屬帽罩住，帽子上有許多電線連接著一台大儀器，二十六世紀的人藉著電腦來分析他的思想，並把他的思想顯示在牆壁的螢幕上。

　　現在，安安看到自己的心事變成了圖像呈現出來：

　　安安在咳嗽的時候，沒有用手帕摀起口鼻……

　　安安在馬路上邊走邊喝著可樂，喝過以後隨手就把空罐子往路上一丟……

　　安安在學校打球，打得一身汗臭，回到家裡，還沒

有洗手、洗臉、換乾淨衣服，就往沙發上一坐，翹起腳在茶几上，臭襪子的味道散發在客廳裡，還看卡通影片看得出了神……

安安有時沒有刷牙，就上學去……

安安有時流了鼻涕就用袖子揩一揩……

「不行！你是個髒鬼！」檢疫官大聲吼著。

安安嚇壞了。用一種乞求同情和諒解的聲調說：「那……那是我沒注意的時候，不算數……」

「你休想到我們這兒來污染環境！」檢疫官繼續咆哮著：「我給你看看髒鬼們幹的好事！」

檢疫官氣憤地走到另一台儀器前面，按動了幾個觸鍵，牆壁上的大螢幕立刻放映出一段影片，描述了二十一世紀的人類怎樣和污染的環境奮鬥：

漂浮海洋、河流的無數塑膠袋、油污、垃圾、化學物品，人們耗盡極大的力量才清除乾淨；被砍伐的森林，造成生態不平衡，許多動物絕種，一座座的青山都禿了頭，氣候變幻無常，人們經過幾百年的努力種樹，才把自

然環境恢復舊觀。不幸的是，有許多畸形人出生，有的沒手、沒腳，有的少眼睛、少鼻子，有的還是三隻腳的人，科學家們經過連番奮鬥，才使畸形人絕跡。可是有人將錯就錯，認為畸形的第三隻腳也很方便，就保留了第三隻腳，讓多餘的第三隻腳當作「臨時座椅」之用。

「現在你知道了吧！髒鬼！你還是回去你的二十世紀吧！我們這裡不歡迎你！」

檢疫官說罷站起，用他的第三隻腳踢了身邊的毛毛狗，又加了一句：「連你的狗兒也一起帶走！」

「嗯——是的，對不起。」安安無可奈何地應著，臉色發青。正在這時，快樂機器人走進來，開啟了他胸口的電腦螢光幕，對檢疫官說：

「報告檢疫官，你的電腦一定遺漏了什麼！你看，安安的兒子、孫子、曾孫……在二十一世紀的時候，都是偉大的科學家，他們曾經參與了許多環境的改善工作。」

檢疫官再度查詢了他的電腦，連連按了幾個觸鍵，說：「我要安安的後代的有關資料。咦，不錯，安安是好

人……」

　　檢疫官用他的第三隻腳坐下來，注視著螢幕上的變幻圖像，最後影像固定，顯示著：

　　一架時光機器由快樂機器人駕駛著，來到了二十一世紀探訪，又來到了二十六世紀，快樂機器人在螢幕裡說：「安安的心是善良的，他長大以後，做了許多有意義的工作，幫助改善地球環境。」說罷，彎下身，從他自己的小腿裡打開一道小門，把藏在裡面的一把槍取出來，朝螢幕觀眾發射了一槍，發出砰的一聲。

　　檢疫官吃了一驚，他的第三隻腳突然一軟，整個人就摔倒在地上，毛毛狗趕快過來把那隻多餘的腳咬住，牠以為那是一只與眾不同的椅子。

　　「痛……痛……」檢疫官喊著：「是我的腳呀！」

　　毛毛狗鬆開了牠的牙齒，莫名其妙地望著那只會動的椅子，不禁怪叫了幾聲。

　　快樂機器人利用他的照相系統拍了一張照片，把這幕情景存入他的電腦庫裡面，他邊解釋著：

「對不起，我剛才把時間倒退回去，倒退到還沒有被你們抓到的時候，才會進入你們的電腦資料庫裡面。」

檢疫官拍拍身子站起來，順便也把他的第三隻腳收起來，彎縮進他的衣服裡面去。朝他們揚揚手：

「好吧！你們可以走了！」

快樂機器人拉著安安的手走進時光機器，安安忍不住問小狗說：「毛毛，你剛才咬到他的第三隻腳，聞起來是什麼味道？」

「汪汪──」毛毛狗輕吠著，連連打了幾個噴嚏。

──原載1989年8月18日《台灣日報·副刊》
選自1991年2月九歌版《時間魔術師》
（本文榮獲1989年《小鷹日報》舉辦首屆兩岸文學佳作獎；並入選1993年7月北方兒童婦女出版社，郭大森主編《中國最佳童話1949-1989》）

第三隻腳的味道

Part.07

帶往火星的貓

核戰後的七月，大銀市冷清得可怕，不見陽光的街道，陰沉、蕭殺而且殘破。張大眼睛仔細望去，在這破落的城市中還有不少人在活動著呢。這些人的臉上都戴著一個像是豬八戒鼻子的空氣過濾器。在這厚重八戒鼻的掩蓋下，看不見人們臉上的任何表情，彼此間的交談必須隔著面具，交換些含糊不清的話語，再加上飛舞在空中的一群群蚊蠅所發出的嗡嗡干擾聲，交談更是不易。

這時只有機器人能在其中昂首闊步，不受到任何干擾。不過如果它們的電子眼球被蚊蠅遮住時，也得費一番功夫將蚊蠅驅趕開。

陽光出現了

太陽終於從雲層裡露出臉來，給大地帶來了光和熱，高樓大廈中的太陽能發電系統開始運作，充足的電力使得全城有了生氣；地下水經由電力的抽取輸送，也能順暢地送達全城每一處；晚上甚至還可見到霓虹燈在閃爍著呢！

帶往火星的貓

核戰所造成的環境變遷是漸進而緩慢的，所有的地方都癱瘓荒廢，死氣沉沉。大銀市的位置距離核子戰場較遠，雖沒有受到直接的侵襲，但是間接的影響還是免不了的。

綠谷公園中那些長期得不到陽光照射的植物，正挺直軀幹迎接久不見面的陽光，而人群也從四面八方湧入公園，享受陽光。劉小青坐在公園旁的椅子上，望著高空氣球上所掛的標語：「趕快種樹，才能有新鮮的空氣。愛護自然，這是人類活命的唯一機會。」看著看著，她不知不覺哼起了一首歌：

在這寒冷可怕的七月，

世界曾是荒涼悲慘的廢墟，

蒼蠅飛向腐屍和垃圾，

老鼠蹤跡隨處可見。

在這個世界中，

任何的金銀財寶，

都比不過陽光、空氣和清水。

　　遠遠的河邊有人正在放火焚燒堆在河岸的老鼠屍體，陣陣的惡臭使得劉小青不得不再戴上被戲稱「八戒鼻」的空氣過濾器。

　　「這一朵花給妳。」身後突然傳來人聲，同時一朵花出現在劉小青眼前。劉小青拿下八戒鼻轉頭一看，認出他就是那個從火星來地球找貓的年輕人，也就是當初在地底城託他找尋自己丈夫的那個反污組織組員。說來還得謝謝他的幫忙，使得自己能和丈夫楊百凡聯絡上，否則在離開地底城後，真不曉得自己會流落何方呢。

　　劉小青接過花，把花拿近鼻子嗅了嗅，她已經好久沒聞到花香了，她開心地說：「我先生已經開始工作了，希望儘快地把大銀市的圓頂罩子建造起來。對了，你找貓的工作進行得如何？有成果了嗎？」

　　「還在努力找尋中。如果妳看到貓，請儘快告訴我，我們火星人一定會很感激的。」方義平回答說。算算離開

地底城也有好一段時間了，這段時間他曾幫楊百凡處理污
染防治事項，告一段落後即離開，繼續他來到地球的最重
要任務——找貓。

貓兒在哪裡？

　　天上突然出現閃電，雷聲隆隆，方義平的腳跟前落
下一隻老鼠的屍體；一個穿著髒臭破爛、胳臂露出的壯
漢，駕著飛行車停在方義平面前說：「跟我走吧，火星
人，也許我能夠幫助你找到貓兒哦！我是專門捕捉老鼠的
人，名叫施也德，久仰你大名了。」

　　方義平轉身向劉小青揮揮手，跟著走入施也德的飛
行車裡，魚形的車身輕盈自在地在狂風暴雨中飛翔，絲毫
不受影響。從車裡往下望，漆黑的雨點向四周灑落，染黑
了樓房牆壁、門窗和道路；本來群聚在公園、河邊的人群
紛紛戴上八戒鼻，並擠在屋簷下避雨。

　　他們在衛生管理局的門口停機場降落，施也德帶著
方義平直入局長辦公室；辦公室裡梅良新局長正蹺著二郎

腿，咬著雪茄吞雲吐霧。局長按了按手中的遙控器，一隻白色的機器貓便從牆角喵喵叫著走出來，趴伏在他的腳邊，然後再站起來繞圈圈；另外一隻躲在桌腳的黃澄色壯貓，正以銳利發亮的眼睛瞪著機器貓，牠的觸鬚顫動著，口中咕咕作響。突然牠撲向白色的機器貓，用爪去抓弄白貓的身體，又伸長舌頭舔舔白貓身上銀白發亮的毛；兩隻貓兒，一真一假，就在地毯上互相逗弄、玩耍著。

「你要的貓兒就在這裡。」施也德說著，然後向局長行了個禮，並把方義平介紹給局長。梅良新笑了笑說：「我接到你爸爸的電傳書信，特地為你留了一隻貓，讓你帶回火星去。好秘書，讓貓兒表演一下吧。」

好秘書是局長的機器人秘書，他走進來，手中提著一只籠子，一隻灰色的老鼠正在籠內吱吱亂叫。好秘書才一打開籠子，黃貓立刻衝向前去攫住了老鼠，並且張嘴狠咬。「太好了，這才是真正會捕鼠的貓。」方義平蹲下身去，把黃貓從脖子上提起來，施也德接過貓，放入另一只大鐵籠裡。

老鼠肉製成的罐頭

突然，一陣消防車的聲音由遠而近傳來，窗子外面濃煙蔽空，局長打開牆壁間的電視幕，電視記者正在報導說：「衛生局隔壁的保健食品公司起火了，目前消防大隊在全力搶救中，但是火災實在來得太快，火勢一時之間無法遏止……」

鏡頭轉向火災現場，只見從火堆中出現了成群結隊密密麻麻的老鼠，牠們正快速地衝出火場，再鑽入下水道裡。牠們為什麼出現在保健食品公司裡？數量為何這麼多呢？在這忙亂的救火行動中，沒有人有時間思考這個問題。飛行救火車不斷地從空中投下滅火劑，穿著防護衣的消防員與機器人正合作全力滅火。

電視記者的聲音又響起：

「各位觀眾，保健食品公司竟被一把無名火燒得片甲不存。從剛才的畫面中，大家應可想起一個傳說，就是我們吃的肉類罐頭，有一大部分是用老鼠肉做的。根據營養學家的說法，老鼠肉含有豐富的蛋白質，在這個肉源短缺的日子，用老鼠肉來製成肉類罐頭，也是萬不得已的辦法。市政當局為了怕引起民眾的恐慌，一直不敢公布這項事實，但這次的火災，卻將真相都呈現出來。據可靠消息顯示，有人不諒解保健食品公司以老鼠肉做罐頭，所以故意縱火燒屋……」

電視畫面出現了在空地上吶喊示威的群眾，那些臉上戴著八戒鼻的人們，手裡舉著各種抗議標語牌，口中不斷地叫嚷和咒罵：

「為什麼拿老鼠肉來騙我們？」

「騙人的公司！狼狽為奸的衛生局！」

「燒得好！全部燒光光！」

關在籠子裡的貓聞到了老鼠肉的燒焦味，不安分地又叫又跳。衛生局長不好意思地看了看方義平一眼，然後

打電話給市長報告狀況。放下電話後對方義平說：「市長那兒有人找到了一隻母貓，你可以去找市長要。」

施也德帶著方義平走入飛行車。從空中望見燃燒的廠房濃煙密布，烈焰騰空，臭氣薰天；許多黑色小點以廠房為圓心，正迅速地向四周呈輻射狀散開來。地面的救火者一邊滅火一邊不斷地跳腳，以防鼠類爬到身上來，而火舌仍不斷地從保健食品公司的建築物中冒出來。

「地球已經病得太厲害了，我們需要火星的科技協助。」市長見到方義平便開門見山地說，他指著桌上的一只籠子，裡面一隻黑貓正在打盹：「送給你們火星人吧，這可是地球上最珍貴的禮物。貓都快絕種了，可惜地球人一點也不珍惜牠。他們以為科技是萬能，用科學方法就能殺死老鼠，誰知老鼠卻愈來愈多，而其他的生物反而逐漸絕滅，到這個地步也只剩下老鼠肉可吃，真不知他們到底要抗議什麼？」

方義平好奇地走到貓籠子前面，注視著沉睡中的貓，貓兒因感到人體接近的氣息，突然急竄而起並大叫，

方義平嚇了一跳。

「牠叫惡煞，」捕鼠人施也德仰著頭笑說：「衛生局長給你的貓叫兇神，『兇神』、『惡煞』正好配成一對，呵呵呵……」

他們把兩隻貓放進大玻璃櫃，兇神、惡煞相互嬉戲遊玩，在場觀看的人們不覺露出會心的微笑。

「祝牠們新婚愉快。」市長說。

「希望牠們多子多孫，貓族遍布全宇宙。」施也德說。

玻璃櫃內的兩隻貓兒緊靠在一起，一點也不受到外面眾人的歡呼聲所干擾。

重生的大銀市

五年後，大銀市的圓頂保護罩，在火星科學家的協助下完成了。在地球環境受到污染破壞，短期內還無法復原的情況下，大銀市靠著保護罩，使人們暫時享有舒適、安全的生活，人們可以不必再戴著八戒鼻，就能自由自在

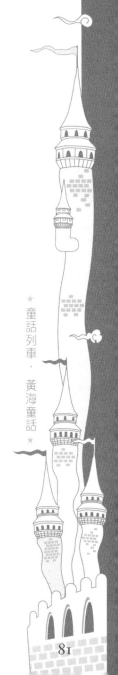

地呼吸新鮮空氣；唯一不同的是，日光浴卻成了歷史名詞。

方義平坐在火星的家中，看著剛從地球傳來的電子郵件：

　　我和我的先生，還有所有大銀市的居民，都很感激你的協助，使得大銀市重生，希望有空再來大銀市玩，我們都很想念你。

　　　　　　　　　　　　　　　　　劉小青

方義平微笑著，他的腳觸碰到毛茸茸的東西——那是一隻剛生下來的小貓咪，他回信說：

　　我們也感謝地球給我們的兒神、惡煞，目前牠們在火星已成了「正義軍團」，牠們的數量正不斷地增加中……

——原載1991年4月《小牛頓》月刊
選自1994年2月皇冠版《帶往火星的貓》

Part.08

國王的新衣
續集

安安手裡拿著一本《安徒生童話》閱讀著，他全神貫注的模樣，使得快樂機器人不敢多打擾他，只能在旁邊偷偷的瞧著書頁的文字和插圖，原來是〈國王的新衣〉——正是安徒生最有名的童話。快樂機器人的絕招要出來了，他讓自己胸前的螢幕映出了影像，這個有名故事的卡通片，就熱熱鬧鬧的在機器人的胸前映演著。

安安起先沒有注意，待他發現卡通片演的是與書本裡同樣的故事，就很快的把書本擱在一邊，視線集中到螢幕上面。

國王的新衣續集

裸露著身體，只穿著內褲的國王，正大搖大擺、得意洋洋的在街上遊行，群眾卻熱烈的鼓掌叫好，因為大家都不想讓人家說自己是傻瓜，不懂得欣賞國王的新衣服。這樣的場面實在太不可思議了，但是沒有人敢指著國王說：國王是沒有穿衣服的。

「怎麼會這樣呢？」安安不解的問，不禁大聲喊起來：「實在太不像話了！笨國王！」

「噓——別出聲，安安！別讓國王聽到了，仔細看下去……」快樂機器人拉住安安的手，故意開玩笑說。

安安目不轉睛的注意著螢幕，實在太滑稽了，忍不住笑起來，卻被旁邊的快樂機器人用手摀住了嘴。畫面上呈現的是：每一條街上擠滿了來看熱鬧的人們，大家不斷的鼓掌歡呼——

「太漂亮了！從來沒有看過這樣漂亮的衣服。」

「此衣只應天上有哇！」

「偉大的國王，無與倫比的衣服！」

赤身裸體只穿短內褲的國王，興奮的扭動那白嫩肥大的身軀和臀部，好像在告訴他的百姓，這個國家的肉類是多麼的充足，他的廚師是多麼的盡責，而美麗的皇后也沒有嫌棄國王的身材，甚至他穿在身上的奇妙衣服也給了全體國民榮耀和光彩。

國王怎能不驕傲得意呢？！他繼續揮舞著他的權杖，向觀眾答禮致意，眉飛色舞的。安安忽然發現自己恍惚也在群眾當中，快樂機器人本來用手摀住他的口，突然的鬆

開了⋯⋯

　　「哇！你們看，國王光著身子逛大街呀！」安安終於忍不住喊叫著：「國王哪有穿什麼新衣服！真是丟臉！糗死了！糗死了！」

　　安安不知不覺進入童話世界裡。他的叫聲傳了出去，街頭一片死寂，鴉雀無聲，好像被一記悶雷打醒，觀眾原來脫線的腦神經才和眼睛連貫起來，了解他們所看到的是什麼，一陣騷動過後，人們開始交頭接耳，議論紛紛，說起國王原來是裸體的，根本沒有穿衣服，終於，人群爆發出了笑聲，像打雷一樣響徹天空：

　　「哈哈哈⋯⋯光著身子的國王，身上好多肉呵！好好笑喲！」

　　安安調皮的叫著，不知哪來的勇氣，突然衝進遊行的行列，抱住國王的大屁股，嘻笑拍打著，還惡作劇的在國王的身上親吻著、捏弄著，嚇得國王哇哇叫。

　　「幹什麼呀！把他抓起來！」國王身邊的馬屁大臣鐵青著臉吆喝著。

遊行中斷了，滿臉羞愧的國王慌慌張張躲進他的專用馬車裡，關起了門，往皇宮的方向揚長而去。

安安被帶到國王的皇宮裡，馬屁大臣對著他吹鬍子瞪眼：「頑皮小鬼，你叫什麼名字？你從哪裡來的？膽敢放肆！」

「嘻嘻，我叫安安，我……我跟我的家人從台灣來的，今天上街看熱鬧，正好看到國王裸體在遊行，好好玩喲！」

「安安？那你——你是那個混蛋作家安徒生的什麼人咯？」

「安徒生？嗯……」安安想了想，一時愣住了，怎麼會有這樣滑稽的事？他有如進入一個奇怪的夢境，突然有所悟，索性將錯就錯，撒了謊笑著說：「就是寫了〈國王的新衣〉的作家嗎？是我的叔叔！我姓安，他也姓安。」

「嘿！就是安徒生搞的鬼，他把我們的英明偉大的國王寫成了小丑，實在太可惡了。」馬屁大臣破口大罵，吼道：「快把安徒生找來，國王要見他。」

安安被罵得愁眉苦臉，差點要哭起來，這時快樂機器人跑過來，他已化裝成了禿頂、長下巴、尖鼻子的安徒生來到皇宮。

　　國王經過這一次糗事之後，不知道要怎樣才能要回面子，煩惱得憔悴不堪，眼眶都變黑了，雙眼無神，就像兩個深不見底的洞。

　　馬屁大臣要安徒生重新寫一篇故事，把〈國王的新衣〉加以修改：「國王要在沒有出皇宮遊行以前，就發現兩個騙子的行徑，把騙子逮到，那才像話！」

　　安徒生沒有答應，他說：「那怎麼行？故事是照實寫的，就算修改了，還是騙不了大家的眼睛的！」

　　馬屁大臣只好命令安徒生，趕快把那兩個騙

子裁縫師捉回來，否則對他們不客氣，威脅要把他們抓去坐牢。

終於，由快樂機器人化裝成的安徒生，帶著安安到全國大街小巷去尋找兩個騙子的下落。安徒生靠著靈敏的視覺和聽覺偵測系統，總算在一幢豪華的住宅裡，聽到一連串洋洋得意的喧鬧聲音，兩個一高一矮的騙子正在飲酒作樂，還不停的唱歌，偶爾還用尖酸刻薄的話語嘲笑被愚弄的國王。兩個騙子終於被捕，送回王宮，垂頭喪氣的跪在國王面前。

國王為了這次的遊行鬧出了天大的笑話，非常的懊惱難過。這些日子以來，只好假裝生病，不敢走出皇宮一步。現在他在大臣和官吏面前又希望能有人出個主意，把失去的面子要回來。

安徒生心平氣和的說：「陛下，這件事情絕對是馬屁大臣和大小官吏好說謊話、討好國王的錯！我有一個辦法可以讓國王要回面子。」

國王已經煩惱得好多天沒有闔過眼，快要精神崩潰

了。他伸長了脖子，張著紅眼睛，急急的催促安徒生快說。

「陛下，我建議所有的大小官吏再來一次大遊行，由馬屁大臣領隊，每個人都穿著大家公認最漂亮的衣服上街，由國王出錢做衣服，遊行過後再把所有的衣服送給老百姓。這樣表示國王的慷慨，也找回了面子，不就皆大歡喜了嗎？」

「那太好了！」馬屁大臣拍手叫著，引來了全體官吏的附和掌聲。一時整個宮廷像點燃了長串爆竹般的熱烈，把屋頂都震動了。

國王起先面有難色，一副苦瓜臉，安徒生低聲對他說了幾句話，國王又眉開眼笑了，他也跟著鼓掌說：「就這樣決定了，安徒生說要用錄影機把實況錄下來，還要轉播到全世界去。這才是一次破天荒的大遊行！」

「哇！好啊也！大家都要上螢幕了！好風光！」鼓掌聲又是此起彼落，大家都是歡天喜地的。國王又叫馬屁大臣清點人數，一共一百零一個官吏，還叫兩個抓回來的騙子

裁縫師為大家量身材，並且命令全國的裁縫師趕快到皇宮集合，準備做衣服，日夜趕工，迎接另一次大遊行。

終於遊行的日子來到了，皇宮裡的大小官吏都高高興興的列隊等候穿新的衣服，安徒生和安安就領他們去工廠，要求每個人都把衣服脫光，只穿內褲，準備穿上新衣。

安徒生和安安使用投影機，把各式各樣已經做好的漂亮衣服放映到大銀幕上面，安徒生說：

「這是你們自己的裁縫師為你們做的衣服。」

安徒生要每個人挑選，安安再一一的把它掃瞄到每個裸體的身體上面，一時大家都興奮不已，歡聲雷動，可是等到他們發現投影的衣服只是幻影而已，又開始恐慌不安，吵鬧起來。

國王在一旁觀看，偷偷的笑。安徒生向國王說了幾句悄悄話後，國王宣布說：「你們已經穿上了最漂亮的衣服了，現在就由馬屁大臣領隊，遊行開始啦！」

馬屁大臣和第二大臣，突然知道怎麼回事了，他們

不約而同的在國王面前跪下來討饒說：「陛下，我們下次不敢昧著良心說謊話討好您了，請陛下原諒我們吧。」

　　但是國王無動於衷，一百零一個大小官吏現在知道他們上當了，要後悔也來不及，只怪當初自己違背良知說話。馬屁大臣只好硬著頭皮，帶領眾官吏出發，全都是裸露著身體只穿內褲，浩浩蕩蕩的走出了皇宮。

　　安安是全國最誠實的小孩，他就擔任開路前導。安徒生則使用電視攝影機為這次遊行做了一次歷史性的紀錄。兩個原先的騙子和這次被召集到皇宮做衣服的裁縫師，就由國王親自帶領，跟在最後面，把皇宮裡面所有漂亮的衣服，連同這次請裁縫師做的衣服都拿出來，用馬車載著，打算一路散發出去給窮苦人民，表示國王對過去迷戀衣服的痛悔。

安安使用擴音器沿路向觀眾廣播：「我們仁慈的國王，歡迎大家參觀這次的『百官新衣大遊行』，現在請大家誠實的閉上眼睛，凡是能看見漂亮衣服的就請舉手，我們的國王會親自贈送一套漂亮的新衣服給他。」

　　遊行正式開始了，奇怪的是大街小巷竟然都是鴉雀無聲，因為大家都誠實的閉上了眼睛，偶爾有少數人半瞇著眼偷偷的瞧一瞧，卻只有偷偷的在心裡笑著，不敢發出聲音來。

　　沒有一個人舉手表示看見百官穿新衣遊行，於是國王和王后下了馬車，和身邊的裁縫師們合作，把新衣服分給誠實的民眾。

　　百官們看到這情形，心裡對國王充滿了感激和敬意，彼此互相對望著，不禁一路滑稽又尷尬的笑著。

　　安安笑得前仰後合，驚醒了自己，有如作了一個夢。快樂機器人胸前的螢幕正好映完了卡通片，他說：「真有意思，場面真是感人！」

——原載1992年9月《小牛頓》月刊
選自1996年2月國語日報版《誰是機器人》

誰撿到
國王的夢

「未來的世界真是奇妙哇！」安安說。

「未來的世界是由現在決定的。」快樂機器人操作著時光機器的控制桿，往未來的時間駛去。

周圍的景物迅速在變化，不同顏色的光和影，交錯雜亂的閃過，有如被打散的彩虹。

突然，前面的時間指示器的號碼一陣亂跳之後，呈現一片空白。快樂機器人的手無論怎麼按動鍵盤，它依然是空白一片，靜止不動了。

「這是一個沒有時間的地方嗎？」安安問。

一片濛濛的大霧遮住了四方，連毛毛狗也不禁抖了幾抖。

快樂機器人藉著他靈敏的視覺和聽覺，開始探索周圍的世界，安安有些恐懼，又有些後悔。

忽然有一個黑影由遠而近慢慢走來，拉長聲音叫著：

「有沒有人撿到國王的夢？有沒有人撿到國王的夢？國王遺失了他的夢，找了三十年還沒有找到，他也三十年

沒笑過了！我們人民也在惶惶恐恐、忙忙亂亂中度過了三十年貧苦無聊的日子！」

這個黑影背了一個大包袱，拖著疲憊的步履，帶著喘息的聲中，有幾分哀求和期待。

「你說什麼？」安安問。

「你們有沒有撿到國王的夢？」黑影說：「我們國王遺失了一個夢，派許多人到全國各地尋找，希望有人撿到了，可以還給他，我們已經找了三十年了，都沒找到。我包袱裡就裝了兩個夢，不知是不是國王所丟掉的那個夢？你們有沒有撿到夢？」

「這真是一個奇怪的地方哩！」快樂機器人用腹部的揚聲器說話，有如另外一個人在講話。

「咦！是誰在講話？」黑影問道，四下找尋聲音的來源。毛毛狗伸長了舌頭，歪著頭，朝他瞪著眼。毛毛狗大概也在奇怪，哪裡來的影子怪人在說話。

「是你在講話吧？」黑影一把將毛毛狗抱起來，問牠：「你剛才說什麼？狗狗，是不是你撿到國王的夢？」

「哦……我說，我說……」快樂機器人又用腹部揚聲器代替毛毛狗講話：「我是撿到了一個夢，可是……可是我把它吃到肚子裡去了！」

這下不得了，黑影一把將毛毛狗塞進他的大包袱裡，趕緊送到王宮去見國王。安安和快樂機器人也跟著趕去。

安安好害怕，快樂機器人卻始終露出一副鎮靜和自信的神色。

國王的宮殿建築得好高好高，它的最上層消失在雲霧裡，從地面上抬頭向上望，根本看不到頂層。整座宮殿好像一本碩大無比的書，牆壁光滑潔白，沒有任何窗口。黑影帶著他們從「書背」下面的門走進去，經過好

大好深的大廳，上了一座透明玻璃的電梯，他們就像飄向雲霧般的直上頂層。

寶座上坐著一位胖胖的國王，黑影向他跪拜，打開包袱說：

「陛下！我到全國各地去，找回了三個夢，您看看是不是您的夢？」

黑影把帶回來的第一個夢，放進一架「夢」的放映機裡面，立刻有影像投射在雪白的牆壁上，只見一片波濤洶湧的大海，許多船隻在驚濤駭浪中掙扎，有些翻覆了；有人在海裡喊救命；有人被淹沒。而岸上卻砲聲隆隆，哀嚎遍野，紅色的血液染滿了大地和江河……

「太可怕了！」國王閉起眼睛說：「這不是我遺失的夢！我不可能做這樣的夢！」

黑影又放映了第二個夢：一片綠油油的大地，有各樣的花草樹木、飛鳥和動物，洋溢著青翠與祥和，可是一棟棟的大廈出現了，像竹筍一般，直往上冒，越長越高，直達雲霄；越長越密，遮住了陽光，蓋住了天空，最後整

個綠色大地都被吞噬掉了，遍地是屍骨和惡臭……

「關掉！關掉！」國王對著黑影咆哮著：「這是我的夢嗎？不是！不是！我不會作這樣的夢！我不要這樣的夢！這是在罵我！這不是我遺失的夢……」國王歇斯底里咆哮著。

「陛下！這第三個夢，在毛毛狗的肚子裡，牠把夢吞下去了！我叫牠吐出來給您看看。」黑影說。

毛毛狗汪汪叫著，好像真要把夢吐出來似的，牠的兩眼骨碌碌的轉了幾下，恰似冒出兩個大大的驚嘆號。

安安正在擔心：到底是不是真的有個「夢」被毛毛狗吃下去了。快樂機器人卻用手指按著自己胸口上的鈕釦，有影像從他胸口射向牆壁上，只見一個黑影背著沉重的包袱，日日夜夜的走著、喊著，走了三十年，只為了尋找一個夢——一個國王遺失的夢。好不容易找到兩個夢，把它裝進包袱裡，日後又遇到安安、快樂機器人和毛毛狗，從時光機器裡走出來，毛毛狗對著黑影汪汪叫著說：「我把國王的夢吃到肚子裡了！」他們一夥就來到了王宮

……

　　快樂機器人又用腹部的揚聲器代替毛毛狗說：

　　「國王啊！國王！這就是您找了三十年的夢！就是我吞下去的夢。您為了這個遺失的夢，三十年沒笑過了，現在我把它還給您吧！讓您自己好好保管著，別再丟了您的夢。」

　　毛毛狗這時候又汪汪的叫了兩聲。

　　「哈哈……哈哈……真好笑！我竟然為這樣一個夢尋找了三十年、苦惱了三十年！我真愚昧！我再也不要作夢了，我要好好振作起來，為我的國家人民謀幸福與快樂，真是謝謝你們敲醒了我的夢。」

　　「現在，我們要搭時光機器回去啦！」毛毛狗搖搖尾巴說：「請國王好好保重！再見了！」

　　國王和他的影子使者連連向他鞠躬，並說謝謝。

　　安安坐在時光機器裡，撫摸著毛毛狗的頭，問牠：

　　「好奇怪！我們怎麼會到了這樣一個地方？」

　　「我進入了人家的夢裡了！」快樂機器人腹部的發聲

器在回答，聽起來就好像毛毛狗在講話一般。

「真的嗎？」安安揉揉眼睛，發現自己躺在床上。

早起的爸爸正在客廳看報紙，邊哼著歌：

　　　　我的未來不是夢……

「我昨天晚上作了一個好奇怪的夢！」爸爸搔著微禿的頭，對剛起床的安安說：「我夢見我丟了一個夢，到處找，結果你們猜猜看，到哪去了？竟然被毛毛狗吃到肚子裡了！哈哈哈……好笑不好笑？」

「爸爸，您到底丟了個什麼樣的夢？」安安問。

「我也不知道！」爸爸說：「就是不知道什麼夢，才到處找哇！還好，毛毛狗把它撿回來了。」

「但是你還是不知道你丟了個什麼夢？」安安問。

「咦？是啊！」爸爸再度抓抓頭說：「因為是夢，一醒來就忘了啦！只記得毛毛狗吃掉了我的夢，我怎麼記得我丟的到底是個什麼夢？哈哈哈……」

——原載《大同月刊》
選自1996年2月國語日報版《誰是機器人》

誰撿到國王的夢

Part.10

外星人播種

Fairy Tale

我是ＥＴ外星人。

當我們搭乘飛碟以接近光速在宇宙間旅行時，我們的時間流動感覺是很慢很慢的，與地球上的時間更不相同，那些居住地球沒有飛碟可以乘坐的人，我們比起他們要年輕很多呢。

臺灣的蘭嶼好美麗，果真名不虛傳哦！

上次我們到地球玩耍時，在蘭嶼結交了好多好朋友，雙胞胎兄弟王小和、王小平還為我取名「小笨象」，因為我這個外星人看起來憨厚天真，像一頭象。他們還送了我許多植物種子，我的家鄉星球缺少綠色的植物，正好需要它。

好奇的雙胞胎哥哥王小和偷偷溜進了我們的太空船，跟著我們外星人回家鄉觀光，雙胞胎弟弟就留在蘭嶼。

回到家鄉星球，我們把種子種植在光禿禿的土地裡，終於長成為繁茂的綠色大森林，還有各式各樣的花卉、果樹，我們稱它為「地球園」。

★ 外星人播種 ★

小和哥哥就自告奮勇擔任園長，說它是最美麗的樂園。

有一天，當我們在地球園玩耍時，小和哥哥突然收到弟弟小平的心電感應訊息，那是從地球的蘭嶼發來的一連串緊急呼叫：

「ＥＴ救命呀，地球發生核子戰爭之後，完蛋了……」

「水不能喝，花不香，鳥不叫，河流變黑了、發臭了，空氣污濁了……

「綠色植物都枯死啦，大地光禿禿……」

「地球生病了，小象快快來呀！小和快快回來唷！」

我們帶著小和哥哥坐著飛碟出發，攜帶從前地球人送給我們的綠色種子回到已經變色的地球大地去播種。

不久，地球在太空中看起來又恢復了美麗的藍色，到處充滿生氣。

我們來到臺灣的蘭嶼，走出飛碟，大家朝外張望，不禁高興叫起來：

「哇，好美麗的地方，真像我們星球上的『地球園』喔！」

這時，一個一百多歲的老人，領著大群人對著我招手，顫抖著聲音呼喊：「地球有救了！謝謝ＥＴ！」

那個老態龍鍾的白髮白鬍的老人突然衝上來，激動的衝過來，緊緊抱住小和哥哥的身體。

「小和哥哥呀，我是小平呢！認得我嗎？差不多一百年沒見面囉！」背脊佝僂老人指著身邊一大群人，說：「我兒子、孫子、曾孫、玄孫都來歡迎你囉！」

老老少少、大大小小一行幾十個人整齊列隊，對著

我們鼓掌歡呼。

我跟老人握握手，仔細看著滿臉皺紋老人的臉，原來他就是小和的雙胞胎弟弟小平，如今弟弟竟然比哥哥老了一百歲左右。

兄弟倆一老一小再相逢，又興奮又驚喜，連我也笑出了眼淚。

這是接近光速的太空旅行所造成的結果，對於我們來說，自從上次離開地球只不過幾年的時間而已，地球人卻已過了上百年哦。聽說地球上偉大的科學家愛因斯坦發現的「相對論」，就提到高速運動造成「時差效應」的祕密——在空間移動的速度越快，旅行者經歷的時間越慢。

——原載2004年1月30日《自由時報·自由兒童》

外星人播種

阿善與
智慧豬

豬會講話奇怪嗎？他們是智慧豬，真的會講話哩！

萬事通博士在動物山莊做生物科技實驗時，無意中製造出來的兩隻聰明非凡的豬。本來是一件轟動科學界的大事，以為帶給動物智慧是好事，卻惹起了想不到的麻煩。智慧豬的身軀儘管笨重龐大，卻還可以勉強讓兩隻後腳直立走路，他們拚命向人類學習，生活形態儘量像人類。之後，兩隻智慧豬就陸陸續續生下了許多小小的智慧豬，他們的舌頭也靈光起來，成了會講話的豬，也懂得穿上美麗的衣服，懂得人類的生活方式。

智慧豬吸引大眾的注意，使得人類對他們另眼相看，尤其是一些保護動物的團體，趕緊把智慧豬和一般用來供食用的豬分別看待，以免發生錯誤，但日子久了，智慧豬也想要與人類一樣活動，卻有很大的不方便。比如要看逛馬路、看電影、吃館子、做運動、甚至上廁所，都被當成下等「人」，比那些來打工的外籍勞工還不如。

智慧豬為了爭取「豬權」，他們必須艱苦的奮鬥，說服人類拿出愛豬的心，希望他們「愛豬如人」。阿善是個

善心人，個子矮矮的，身體好胖好胖的，人家說他長得很像豬，說他一副豬頭豬腦的樣子，他不生氣還覺得很有意思，卻常常受到人家欺負，好多人說：「去吧，你最好跟豬在一起吧！」阿善找不到朋友，漸漸變得沈默不多說話，成天與小狗阿黃樂在一起，伊伊吾吾的說著他想要說的話，期待自己養的小狗可以開口與他說話。終於，有一天阿善遇到一群會講話的豬，他與豬朋友相處得很愉快，開始與他們生活在一起，這樣他就不會有被欺負的問題……

「我們是智慧豬，我們要爭取人權，不不，是豬權！」叫笨笨的大豬說。

「阿善，你能幫幫我們嗎？」小豬皮皮說。

「阿善，你願意當智慧豬嗎？」另外一隻壯壯的豬說。

小狗在一旁汪汪叫，好像在代替阿善回達「好好好」。

沈默的阿善猛點頭，咧開嘴的大板牙在陽光下反光

發亮，傻笑著，天空中飄浮的雲，雖然遙遠得有如星星，卻是他的希望。一些愛護動物人，對智慧豬有了不同的評價，保護智慧豬的熱潮，也掀起人們對動物的同情心。但是，人們吃豬肉的習慣未曾改變。大部分的人都認為，會講話的豬，他們的肉不要吃，能夠做到這點就算是大功大德了。

阿善是真正同情他們，愛他們的，他常常騎在智慧豬背上玩耍，有時也會趴下來讓小豬們騎在他身上。人和動物之間的友善關係，充分顯露出來，啞巴阿善心裡明白人和豬沒什麼差別，都同樣是大自然的動物，這也是電腦一再告訴他的。

「阿善，你真好，你為什麼喜歡跟我們在一起呢？」小豬咪咪好奇地問。

「希望你為我們爭取權利。」大豬皮皮說。

「阿善，你不吃豬肉吧？」小豬咪咪問他：「那些不會講話的豬可真倒楣，長大了要被抓去宰殺！」沈默的阿善習慣地露牙傻笑，他把手臂、小腿上挨打的傷痕指給豬

朋友看，並且用筆寫出他要回答的話：

有一天，我跟賣豬肉的媽媽去屠宰場，

看到⋯⋯好多頭豬被殺，

血淋淋的，慘不忍睹，

我受到驚嚇，哭著哭著，

忽然間，所有的豬肉都在發抖，

好像跟著我一起哭泣，

從此我更加沈默。

沈默的阿善想到被人欺負的往事，不覺哭出來了，聲音像從陰溝裡發出的，他覺得跟豬朋友在一起，比跟人在一起快樂。阿善帶著大隊的豬朋友到山下去玩，看見大隊的人對著他們大呼小叫，指東說西的，阿善一下子慌了，他只是想起從前發生的可怕的事，沈默的阿善慌慌張張的逃走了，他不喜歡跟人在一起。阿善用塑膠豬頭面具套住自己的頭，把自己化裝成豬的模樣，帶領一群智慧豬

有秩序的列隊在街道上遊行，造成了交通大阻塞，智慧豬肥顫顫的身軀在抖動，說出的話很激動：「拜託人類，不要吃豬肉吧！」

智慧豬也會發出嚴肅的質問，一遍又一遍的：「我們不吃人肉，為什麼你們要吃豬肉？」街上的人被逗得咯咯大笑，個個又驚又笑，又滑稽又可憐。

「我們人不吃細菌，為什麼細菌要吃我們？」有人故意回應著。

經過這一次大遊行以後，阿善帶領的豬隊伍受到人們重視。 漸漸的，人們吃肉的習慣也開始改變了。

「豬會講話，我們就改吃牛肉、改吃魚！」有人說。

「怕什麼，我們只吃不會講話的豬！」另一派人反駁。

只有那些不會講話的豬，成了人類餐桌上的食品，這也是智慧豬要討公道的原因。

　　沈默的阿善不講話，竟然被誤會是不會講話的豬，他被打昏過去，綑綁起來推進車裡，要運到屠宰場去，剛好被一隻智慧豬看到了，回來報告大豬皮皮，於是大夥兒很快的開了車子跟蹤過去。就在阿善要被送上屠宰場的時候，大豬皮皮帶領的一大群智慧豬來到。

　　「慢著，刀下留人呀！」

　　「什麼，你要我刀下留豬？」

　　大豬皮皮把阿善的塑膠豬頭掀開，阿善剛剛醒過來，睜開眼睛，才知道自己被當成了豬。電動屠宰場的管理員嚇一跳，罵說：

　　「你是人，你為什麼要化裝成豬呢？」

　　「你們都欺負他嘛！」大豬皮皮說：「他是人，你們不應該這樣對待他！」

　　沈默阿善大哭一場，決心要做一番事情，最少要讓他的豬同伴出人頭地。總有不少人在吃豬肉的時候心裡怪怪的，想到已經有豬會講話了，誰能保證自己所吃的豬肉，是來自一種不會講話的豬？沈默阿善帶著一群智慧豬

回到家的時候， 實在很開心。阿善的媽媽是個大胖子，是在市場賣豬肉的，看到阿善帶著一群穿衣服的豬進來，一下子愣住，她滾圓的肚子與豬肚子相摩擦，癢癢的，卻覺得很有親切感，大家笑哈哈，樂成一團。

阿善的媽媽說：「好多人說，他們做夢，夢見豬在大叫：還肉給我們！我也夢見自己肚子裡有許多小豬在嚷叫，喊救命救命哩。」

「是我嗎？」阿善打破了沈默，笑著說：「我就是小豬嘛！」

「怎麼會是你，傻孩子！」媽媽摸摸阿善的頭。

那天晚上，阿善的媽媽從床上翻滾下來，嚇得滿頭大汗，她是在被豬咬的恐怖中掙扎驚醒過來。阿善的媽媽淚汪汪的，要阿善為豬討公道。

社會上的人對豬的觀念漸漸有了改變，是因為豬會講話的關係，以前流行的一句話：「沒有吃過豬肉，也應該看過豬走路。」現在卻變成：「看過豬走路，未必敢吃豬肉。」

大街小巷、隨時隨地，可以看到許多多豬，他們會聚集在一起，大聲疾呼：「不要老是看不起豬！」

　　「豬也要有豬的權利！」尖銳的吶喊聲鑽入人們的耳膜，在心裡一陣一陣迴響。

　　為了使人類徹底覺悟，接納會講話的新興「動物族」，沈默阿善總是把自己化裝成豬的樣子。雖然不會講話，但他的身段比豬靈活，隨時跑跳自如，他帶領著一群會講話的豬，到處遊行，沈默阿善漸漸的成為智慧豬的英雄，成了智慧豬的領袖人物，大豬皮皮就成了他的好搭檔。

　　沈默阿善終於發現，如果為豬同伴穿上人類衣服，人模人樣的，才能進入人類的社會裡生活，跟他們保持關係，不會被輕視，受到禮遇。對豬充滿好奇和好感的，莫過於小朋友了。那天，一個小朋友看到大豬皮皮躺在路邊睡覺，還一邊流口水，就把手裡的冰淇淋給他吃，大豬皮皮嘗到了甜頭，就跟著小朋友進去兒童之家。

　　幾個小朋友抓住豬尾巴，好奇的玩著，有人騎到豬

背上，把豬背當做是大鼓或是彈簧床，用力捶打著、踢著、搖著。

「拜託，我想喝點水。」大豬皮皮剛剛開口，膀胱實在憋不住了，當場灑了唏哩嘩啦的一泡尿，不但把大豬皮皮自己的褲子淋濕，漂亮乾淨的地毯立刻像打翻了尿桶一般，充滿了刺鼻的尿騷味。

「喂，豬哥! 原來會講話的豬哥，一樣會到處灑尿。」一個戴眼鏡的男人叫著，拿起了棍棒狠狠地打著大豬皮皮的背。一邊咒罵著：「你喝自己的尿好了。」

大豬皮皮的身子是很有彈性和韌性的，他被踢被打，就如同被搔癢，他連聲說「對不起」。大豬皮皮領悟到人類社會有一定的規矩。豬要像人，受到平等待遇，除了外表要穿人類的衣服之外，行為還要像人類，注意禮貌，最少不能隨便尿尿。不過，狗兒被主人牽到路邊電線桿下或草地上尿尿，或是沒有主人的狗，到處大小便，還有好心的主人拿著塑袋跟在後面撿狗屎。豬不如狗，豬腦袋就是想不透。

一天早晨，太陽公公的臉才剛剛從東方山頂上露出來，沈默阿善和大豬皮皮帶著成群結隊豬同志，在道路上快速奔跑著，還哼著有節奏的歌：

做一隻快樂活潑的豬

好過做一個天天吃肉的煩惱的人

天空有太陽有月亮和星星

地上有人有狗有貓有豬

就差沒有動物廁所

我們需要動物廁所

我們爭取在廁所尿尿的權利

這時，一輛一輛的公車從豬群身邊經過，有人在車窗裡呼叫：「哇！那裡來的豬哥？」晨跑的人對著這群豬仔捏鼻子吐口水，連聲說「臭」。

人們卻沒有注意到智慧豬在低聲議論：「我們擦了很多香水呢！還嫌我們臭？」「先別做聲！沈住氣，跟著

阿善走！」

　　阿善帶著一群智慧豬，個個戴帽子、穿著整齊，有禮貌，不像一般的豬只是吃得肥肥胖胖卻是又髒又臭，等著被送上屠宰場，當做人類美味的食品。大豬皮皮身體健碩，四肢強勁有力，鼻子雖然和一般的豬仔一般粗大，聞到美味時卻也不至於口水直流，他走起路來一步是一步，很有人的樣子和架式。大豬皮皮在豬群裡已經成了發號司令的老大，每一頭會講話的豬都願意聽他的話。他觀察到人類有許多毛病，喜歡說大話，言行不符。

　　阿善有一次帶著大豬皮皮和小皮哥到美味餐廳吃飯，看到裡面掛著「保護動物協會聚餐」的招牌，使他們安心不少。卻發現那些「保護動物的人」，他們吃的美味菜肴，都是動物的屍體做的，有雞鴨魚肉甚至牛肉豬肉也有。他們正在高聲談話：「我們不虐待動物，不吃會講話的豬。」豬同伴先是悲傷地哭

起來，想一想，又咧嘴大笑，笑聲就像從一個圓筒發出來的爆炸一般，因為豬嘴本來就是圓筒狀的。

有一天，一個有名的國會議員侯大聖和帶著太太和他兩名助理去登山，卻在深山迷路失蹤，他們平常都是豬腳店的大吃客，好多天沒有吃東西，幾個人餓得有氣無力，奄奄一息，只好利用手機呼救。

在萬事通博士的安排下，沉默阿善帶著大豬皮皮跟著救援隊趕去搭救，千辛萬苦趕到，拿著柺杖的大豬皮皮，對四個餓得要死不活的人說：「你們肚子餓嗎，聽說你們是豬腳吃客？我有現成的。」四個遇難的登山者，早已餓得腦袋發昏、手腳發抖，聽到有豬腳可吃，同時睜大眼，還搞不清楚怎麼回事，個個猛流口水，看著阿善和大豬皮皮帶來了香噴噴的豬腳，四個人立刻狼吞虎嚥起來，很快的把一隻好大豬腳啃個精光。

「各位，剛才你們吃了我的腳。我奉獻了我的腳給你們吃喔！」大豬皮皮笑著揮一揮柺杖，他少了一隻腳。

不過，沒關係。他知道萬事通博士會讓他砍下的腳

阿善與智慧豬

再長出一隻來。

眾人一下子嚇壞了！

「哎呀，你是會說話的豬，吃不得，吃不得！」侯大聖驚叫。

「我的天！我要吐了！我要吐了⋯⋯」候大聖的助理彎著身子嘔起來。

「糟糕，我的媽呀！我犯了罪！」另一個助理打躬作揖。

「哇！對不起豬先生！」侯大聖的老婆說著猛挖著自己的喉嚨，希望趕快把剛才吃的肉吐出來。

大豬皮皮卻慢條斯里說：「沒關係，奉獻了我的腳，能讓你們覺悟，不是很好嗎？你們不是豬腳大吃客嗎？」

電視新聞報導得驚人聳動，說大豬皮皮當場砍下自己的腳，給四個登山客吃，大豬皮皮成了犧牲自己豬腳救人的大英雄，成了豬國耶穌。

電視訪問大豬皮皮，他說的話很有意思：「希望你

們對於會說話、不會說話的豬都一視同仁！」又說：「希望你們人類對於豬一視同『人』。」

　　大豬皮皮成了和阿善也漸漸成了大眾所熟知的豬國領導人，阿善雖然不大說話，所有的智慧豬都聽他指揮，都了解他心意。大豬皮皮暫時成了三腳豬。

　　當智慧豬在營地聚集得越來越多時，人們便想盡辦法要驅趕他們，不希望豬仔干擾到人類的日常生活。甚至有一個專門綁架暗殺智慧豬的組織出現。

　　那天深夜，一處豬營地被四面八方拿火把的人包圍起來，大豬皮皮早已得到一隻飛來的鴿子銜來字條的警告，原來是侯大聖暗中放出來的鴿子。

　　阿善事先把豬同志都疏散了，等到暗殺隊來攻時，三腳豬便帶著一群銜著火把的豬同志衝出去，把幾個人撞得兩腳朝天，而後，繼續衝向其他的放火者。那些人一個一個嚇壞了，不知那來的發火怪獸來襲，拔腿就跑，跑起來比豬快，卻不見得比豬聰明。現在，阿善像一個人類紳士般，出現在公園裡的一座銅像下面，在他旁邊圍了很多

的豬同志在唱歌。有個年輕人卻大聲罵道：「豬就是豬，就算戴眼鏡、打領帶、穿了衣服還是豬嘛！」

講話的的少年仔臉上、身上立刻有如淋了一陣雨一般，被豬同志噴灑出來的口水攻擊著，他被豬群圍在中央拚命掙扎，跌了好幾跤，被豬腳踩在身上，好不容易爬起來，闖出豬群的包圍。

少年仔的耳邊還聽到傳來豬的吼聲：「別侮辱我們的領導！」

阿善集合許多豬同志要到國會去爭取應有的權利，始終不得其門而入，最後靠了侯大聖的特別安排，終於讓大隊的智慧豬可以進入旁聽。國會正在做激烈辯論，要不要把動物公園擴大，做為豬國的樂園。突然闖進來十幾頭豬坐到後頭當聽眾，為首的正是沈默的阿善，整個議場引起很大的騷動。

「我代表我們豬同志講話，要求撥給我們土地，做我們豬國的家園。」阿善突然放大嗓門喊著。

「不行，豬沒有這種權利！連國會的大門都不准進來！是那一頭豬讓你們進來的？」

反對的聲音很嚴厲，阿善和一群智慧豬很快的被趕出去。

侯大聖並且提出了一個響亮的口號：「愛人如愛豬，愛豬如愛人！」

侯大聖立刻挨了狠狠的罵：「你是豬嗎？為什麼要為豬講話？」

侯大聖回答得妙：「吃豬肉的人，不為豬講話，難道吃人肉才可以為豬講話嗎？」

阿善叫大夥兒把一隻三腳豬的銅像抬到國會的大門口，讓大家觀看，紀念豬也曾經救人的故事。三腳豬穿著人類的衣服，戴眼鏡、打領帶，人模人樣的，兩眼的在鏡片後微瞇著，注視著人來人往的人。

終於，萬事通博士帶著大群的殘障同胞趕來支援，

坐著輪椅高聲唱歌。萬事通博士以科學家的身分高聲喊叫說：「我們欠大豬皮皮一隻腳！」

大豬皮皮的的銅像，最後恢復他完整的四隻腳，豬國大英雄贏得不少人類的尊敬。

豬同志繼續不斷的奮鬥，加上關心保護動物者的爭取，豬的投票權雖然始終沒有爭取到，豬權的呼聲卻大大的提高。而一處坐落深山裡的國家公園終於獲得通過擴大為豬國家園，成為豬族的永久居住之所。公園的門口，是大豬皮皮和阿善並肩站立銅像，不是在對人類宣示威嚴，是在對所有的動物表達友愛互助的意義，樣子顯得很滑稽，看起來卻和藹可親。

社會上雖然仍有人以豬肉為食物，甚至公然謀殺動物，直到萬事通博士——一個有著悲天憫人情懷的科學家，發明了相當安全的基因培養豬肉和豬腳，終於使人們吃豬肉的習慣改變，吃豬肉不必靠宰殺豬仔，而是經過實驗室培養而來的。

阿善手裡拿著麥克風喊著：「現在大家吃『豬肉』，

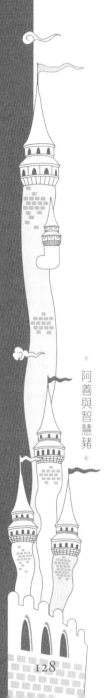

不再是吃豬的屍體啦。」

　　愛護動的人把阿善抬起來，在街上繞圈子，大家在嚷：「阿善是我們的榜樣！」「我們敬愛阿善！」「歡迎阿善回到人類世界來！」

　　沈默的阿善不再沈默，他放聲說話，放聲唱歌，帶著大隊的智慧豬回到家鄉，大豬皮皮和好多的同伴跟在後面，阿善的媽媽出來迎接，抱著他喊著：「哇，豬國的人回來了。」

　　從前的一句老話「吃過豬肉，卻沒見過豬走路」，變成「沒吃過豬肉，也該看看豬走路，看看阿善對動物的愛。」

——原載1998年1月1日《台灣時報‧土地文學副刊》

阿善與智慧豬

Fairy Tale

Part.12

天空勇士
的傳說

這是人類在外太空建立的殖民地社區——太空島。

才下過一陣人造雨，空氣特別清新，花草樹木也變得亮麗了。大隊的豬哥豬弟和豬姐豬妹，穿著漂漂亮亮的衣服，在機器人老師和機器人保母的帶領下，離開他們的家園出去玩耍，快快樂樂的拍手唱歌⋯⋯

他們是一群智慧豬。

大伙兒興高采烈的翻過小小的山頭，便看到機器人保母攔住他們，向他們猛揮手，使用超級擴音器大聲呼喊：「小心！無毛猴子來攻擊了！」

話沒說完，數不清的石子從樹林裡飛來，打在豬兄弟姐妹身上。勇士豬拉著豬同伴的手，跟著同伴惶恐逃避著，瞥見樹幹邊的人影，就是那種「調皮的無毛猴子」，被稱為「人」那種動物。其中兩個人還是勇士豬的同班同學，綽號叫小麻雀和大恐龍的傢伙，他們惡作劇地吶喊著：

「好吃的豬腳來囉！」

「沒煮熟的豬腳——會走路哩！」

小麻雀和大恐龍，四條腿飛快地跳躍著，嘴裡還吃著香蕉，得意地朝他們的豬同學丟石子、丟香蕉皮。

　　不一會兒，兩個人一大一小，著了火似的衝出來，騎到兩隻豬身上，拿棍子胡亂打一陣，喊著：

　　「豬，我們不喜歡你們住在這兒！」

　　機器人保母發現豬又被人欺負了，快步趕來，發出一陣鞭炮似的警報聲，把那些胡鬧的人嚇走。

　　勇士豬的妹妹，在驚慌中被兩個調皮的無毛猴子帶走，在樹林裡發出一陣陣的驚叫，直到機器人保母和老師趕來，把那兩個男生逮捕，並且摸摸玫瑰豬的頭，安慰她說：「我們是好心的豬，好心有好報！只要快長大！」

　　「好心的豬——總會感動真正的好心人。」機器人老師在一邊喊著，就像唱歌一般的腔調：「總會感動——好心人！」

　　「怎麼說的呢？」勇士豬就是不服氣，心中的疑問像一團解不開的亂線：「那些無毛的猴子，為什麼總是喜歡欺負我們呢？」

機器人保母把大伙的豬聚在一起，唱著取笑無毛猴子的歌：

人豬仙境太空島

相親相愛好同志

無毛猴子性難改

喜歡爬樹吃香蕉

豬哥豬妹長得俏

比人聰明不怕笑

比人聰明不怕笑

機器人老師安慰大家說：「好好用功，總有一天你們會出人頭地，無毛的猴子會敬佩你們的。」

勇士豬的妹妹——玫瑰豬，是一隻可憐的智障豬，卻長得漂漂亮亮的，很得豬同伴的喜愛，勇士豬總是以哥哥的身分保護她，不希望她受到傷害。這時，她只是呆呆地望著大家，好像什麼事也沒有發生，也不知道大家在說

什麼，露著玫瑰一般可愛的笑臉，傻傻地笑著。

　　這是未來的某一個年代，萬事通博士利用遺傳工程技術，使得少部分豬可以用兩條腿直立行走，會講話，有了智慧，有了獨立思考的能力，甚至有智慧豬成為特別優秀的科學家，與人類合作進行太空探測，並且改造地球的環境。

　　在地球上，人類在吃豬肉的時候，難免心裡有了疙瘩，害怕吃到已經產生智慧的豬。因此，為了保障智慧豬的生存安全，由萬事通博士所領導的科學家，便主張把智慧豬移民到太空去，以便和一般的豬有所分別，而一般未經變種的豬，就一直供人類做為肉食之用。

　　太空島距離地球三十二萬公里，而距離月球才六萬公里，有山有水，有美麗的花草樹木，簡直像仙人居住一般的世界，但是……

　　智慧豬在這樣的地方生活，照樣受到人們的歧視，儘管也有豬科學家參與人類的研究計畫或各項活動，因為

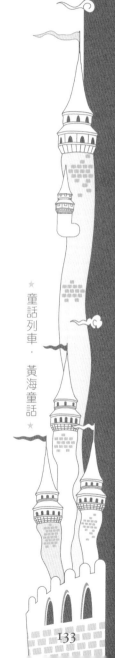

豬與人類在外貌上畢竟有很大的差異，人們總是拿豬的大耳朵、大舌頭、醜鼻子、小眼睛或笨重肥胖的身軀做為嘲笑的話題，使得智慧豬在人類社會永遠抬不起頭來，不管豬是不是有了智慧。

為什麼已經有智慧的豬還是不受人類歡迎呢？是豬的表現還不夠好嗎？

勇士豬心裡的問號比懸在天空中的地球、月球和太陽還大。勇士豬下定決心，要力爭上游，讓人類另眼相看。

地球在太空中看起來是個藍色的美麗星球，聽說目前已經到處堆積了可怕的惡臭垃圾，和各種有害的汙染物，勇士豬記得爸爸媽媽說過，當初萬事通博士把他們這些優秀的豬種送到這個人間仙境，是為了逃避地球人類的歧視和驅逐，也是為了利用豬科學家的智慧，與人類合作，研究先進的科學。

小時候，勇士豬每次被欺負的時候，心裡很不平，

就會哭著回家抱住豬媽媽哭訴：

「我恨，我恨那些沒有毛的猴子！他們不見得比我們聰明，就是看不起我們！」

「別哭別哭，乖乖，他們沒有吃我們的肉就不錯了，他們是好心人啦！」豬媽媽有著好心腸，凡事都往好地方想，總是安慰孩子說：「萬事通博士讓我們有智慧，本來是要讓我們豬同胞活得快樂，幫我們解決問題的，只要人類不再吃豬肉，我們就滿意了。」

「豬肉？我們的肉要被人類吃嗎？」勇士豬心裡很不平，有如幾十面鼓敲得咚咚響：「為什麼我們不吃人肉，還得怕人類吃我們的肉？」

「別擔心，我們住在這兒是安全的，我們是智慧豬。」豬媽媽挺著大肚子說的話，讓勇士豬震驚不已：「只有住在地球的人吃豬肉、牛肉等等。」

豬媽媽接著打開電腦，一瞬間，地球上各個餐廳的情景都在顯示幕映現出來。她悲哀無奈的說：

「你看吧，那些沒有毛的猴子，就是喜歡吃別種動物

的肉。」

　　勇士豬發現，住在太空島的人就算不吃豬肉，也會吃牛肉、雞肉、鴨肉、鵝肉、魚肉……。

　　太空島裡有著來自地球的各種動物，提供人類肉食之用。在這裡，豬是被保護的動物。

　　勇士豬漸漸長大了，學業進步很快，不但超越豬同伴，甚至同年級的人類也趕不上他。他的體格健壯，個子矮胖，走起路來身上的肥肉會跳動，卻從來不貪吃動物的肉，對每件事情也漸漸有了自己獨特的看法。

　　那天，機器人老師帶著全班同學一起到餐廳吃飯，餐桌上除了少數綠色的蔬菜以外，在豬同志看起來，很多是「動物的屍體」做成的菜，大伙兒都倒胃口，只有那些無毛的猴子吃得津津有味，尤其是綽號小麻雀和大恐龍兩人，他們大口大口吃著牛排，還邊吃邊流著口水，滴到餐盤上，剛好給牛排各加了一味佐料。小麻雀忽然開玩笑說：

　　「希望有一天可以吃到美味的豬排！」

勇士豬一個拳頭打過去，瘦弱的小麻雀不堪一擊，咬著的牛排連同嘴裡的一顆牙齒都掉出來了，嘴角的血水和口水混合著，流到衣服上。坐在旁邊的大恐龍跳起來，他巨大身軀有如一座山向勇士豬壓下去，人和豬打起架來，就像兩團肉球在互相拉扯，機器人保母趕緊跑過來勸架，把緊緊抱住已經冒出火花的大恐龍和勇士豬拉開。

　　「我知道你家有一隻笨豬！是智障豬，叫做玫瑰！」小麻雀不服氣地嚷著。

　　「笨豬不會講話，不敢見人。」大恐龍跟著喊。

　　勇士豬聽到兩個人這樣嘲笑他的妹妹，他不禁抱著頭哭起來。

　　這時，有個木頭一般坐在一邊的人，他冷酷的樣子有如一座冰山，拿著照相機把這一幕拍下來，他是太空島的一個偵探，可以說是一個「獵人」，專門尋找有問題的智障豬。

　　勇士豬就是看不慣，這些喜歡吃動物肉的無毛猴

子，他們被稱為「人」，難道豬就不可以被稱為「人」嗎？因為豬的智慧已經逐漸超越人類。勇士豬心裡的疑問始終無法解開，就像從太空望地球一般，地球的外表籠罩著層層的雲霧，一片神祕迷濛。

「別管那麼多了。」豬媽媽安慰兒子說：「你只要努力用功，將來成為有用的科學家，總會出人頭地，誰敢欺負你？」

勇士豬含著淚點頭，在一旁的機器人保母也不斷的安慰他，在勇士豬心目中，機器人是他最好的朋友，從來不嫌囉嗦，永遠不會埋怨與豬在一起。只是那些叫人類的無毛的猴子——像小麻雀、大恐龍，他們的成績未必好過豬同志，卻總是調皮的拿豬同志來開玩笑，把他們當出氣筒。好在，小麻雀和大恐龍後來都因為好玩又貪吃，被中途淘汰，離開班級。

勇士豬的妹妹——玫瑰不久就失蹤了，爸爸、媽媽和他都非常傷心，勇士豬花了很多時間去尋找自己妹妹，卻到處碰壁。他開始懷疑，豬妹妹是不是給人家賣到餐廳

去，被人類吃掉了？

　　原來，那個奇怪的獵人，是奉令專門尋找不會說話的智障豬，再由科學單位把智障豬偷偷改裝為機器人，為太空探險服務，又可以保護智障豬不受到欺負，這樣就可以兩全其美，這是一種祕密。

　　勇士豬以為妹妹變成了餐廳裡的菜肴，他把這個可怕想法告訴同胞，所有的豬同胞身上的豬毛，一下子「全體肅立」，他們覺得勇士豬懷疑得沒有錯。

　　勇士豬和爸爸和媽媽挨家挨戶到各個社區去打聽，他們把寫著「尋找失蹤兒」的大布條掛在胸前，還貼上照片。

　　「你們看到看到那種不會說話的豬嗎？她的名字叫玫瑰，是是屬於人家說的『笨豬』那種！」勇士豬來到一家牛排館門口，指著他胸前的失蹤兒的照片，盡量用人類慣常的形容詞來詢問。

　　「哦，玫瑰花有的，玫瑰豬沒有！」這家餐廳的老闆正是小麻雀開的，他嘻笑著：「她不就是笨豬嗎？最適合

做豬排、燉豬腳了。」勇士豬照樣伸出拳頭打過去，把小麻雀打得鼻青臉腫，癱倒在地上，久久爬不起來。

許多年過去了，勇士豬終於完成了高深的學業，在人與豬一起上課的太空大學中成為最傑出的畢業生。從前喜歡欺負他的那些無毛的猴子都要敬畏八分，豬勇士的表現為豬同胞爭了一口氣，使得人類對豬的印象大為改觀，從地球和月球都來了很多人，參加畢業典禮。

「豬腦比人腦和電腦都優秀哩！」已經一百二十歲的科學家萬事通，在畢業典禮上致詞：「人腦落伍了，電腦和豬腦才是一級棒，以後人腦可變成用來罵人的名詞囉，哈哈，我這顆人腦也要修理修理呢！」

「豬勇士萬歲！」

「豬同志萬歲！」

「無毛猴子加油！」

人類被稱為無毛猴子已經是必然了。

此起彼落的呼聲從每個角落發出，整個畢業典禮的

會場，充滿了豬笑聲，有如一千個雷公的歡唱，把人聲掩蓋住。

　　勇士豬在科學機構的栽培下，成了優秀的科學家，但是他一直沒有忘記自己失蹤的妹妹玫瑰。

　　那天，機器人老師帶著一群畢業生坐飛車到月球去工作，飛車還沒有降落，便在空中看到了月球城的繁華燈光，那是由許許多多個半圓形的透明玻璃纖維罩子覆蓋在地面上，城市則大部分建築在地下。在月球城市的附近，是一片廣大荒涼的隕石坑，那是過去幾十億年來小行星或是殞石撞擊的結果。

　　有一天，太空站的偵測中心發出警報，發現一顆小行星從遙遠的太空飛來，如果不趕快設法改變它的飛行方向，到時與地球、月球運行的軌道遭遇而相撞，可能會有毀滅性的大災難。

　　很快地，整個有人類居住和活動的地方——包括地球、月球和本地太空站，都進入緊急狀態。

　　電視和無線電廣播一次又一次地討論著：

「發現了天空中的害蟲，那是一顆差不多十公里寬的小行星……」

「恐怖！危險！如果撞到地球，可能造成相當於十億個投在廣島的原子彈的威力。」

「飛毯計畫開始進行吧！」

所謂飛毯計畫，就是預先設計好的攔截小行星行動，必須派出機器人搭乘攜帶核子彈頭的火箭，前往爆破，或加以捕捉。

豬勇士自願接受了這項任務，他另有看法，他對著所有豬同志與人類同志的科學家說：

「這顆小行星，應該把它運到月球附近，月球工廠正需要這樣的資源。」

當勇士豬進入太空船以後，發現機器人與自己失蹤的妹妹長得一模一樣。他驚奇的問：

「你是玫瑰嗎？」

「我是機器豬，我很聰明，聽說我原來是智障豬改裝成機器人的，我的名字叫玫瑰。」

「你不是我妹妹嗎？你不認得我了嗎？」

機器豬笑著說：「快出發囉，我們要去捕捉天空中的害蟲。」

太空探險的隊伍完成任務之後，在月球附近的太空軌道，終於多了一顆小星星，它就一直環繞著月球運行，成為月球都市天空中的閃亮鑽石。

又過了許多年，這顆小星星成為月球天空中的工廠，許多機器人和機器豬在這兒日以繼夜的工作，勇士豬被推為這個太空工業城的市長。之後，勇士豬被推選為前往火星殖民的規劃設計者。

有一天，小麻雀和大恐龍把一隻智障豬的兩腳偷偷地砍下來，煮成了香噴噴的豬腳，在他們開設的餐廳裡，大吃大嚼一頓，並且款待來自地球好吃的觀光客。由於太空城是不准吃豬肉的，小麻雀和大恐龍很快的被偵探「獵人」逮捕了。

「你們知道——你們犯了嚴重的傷害罪嗎？」擔任法

官的，正是當年他們的機器人老師。

　　小麻雀和大恐龍俯首認罪，他們被送到太空工廠去擔任「天空中的礦工」，他們垂頭喪氣的，被帶到豬勇士面前。

　　「都是嘴饞害了我，我願意改裝成機器人，」小麻雀完全悔悟了，他說：「讓我做苦工一輩子來補償。」

　　「我也願意！」大恐龍說：「讓我們到火星建立新城市！」

　　許多年後，火星這個距離地球最近的紅色行星，在機器人、機器豬等「天空勇士」的共同努力改造下，利用大量的海藻製造了大氣層，並且種植了各式各樣的植物，成為第二個地球，成為地球生物的移民天堂，除了人類以外，也收留了大批的智慧豬、或智障豬，和其他各種各樣的野生動物，地球上瀕臨絕種的動物，諸如：大象、獅子、老虎、長頸鹿、斑馬、熊、猩猩、野牛……都在這兒快樂地嬉戲著。

——原載2004年3月21日《中華日報‧副刊》
入選2005年3月九歌版《九十三年童話選》

★ 天空勇士的傳說 ★

Part.13

外星來
的孩子

黑夜裡，沈先銘老師的摩托車在山間公路飛馳著。

剛剛參加了友人的婚禮，喝了點酒，仍是醺醺然。

黃色的車燈照著路面，似乎是在黑暗中唯一露出來的一片光亮，路面與樹木不斷的向後急退；涼風迎面撲來，稍稍舒緩了他身上的熱氣與醉意。

突然，他發現頭頂上空出現了一個發光的圓盤形物體，有如夜晚出現的太陽。他頓時驚駭目眩，一個緊急煞車，連人帶車翻落路旁的草叢裡。

他很快爬起來，抬頭四望——天空中除了閃爍的繁星以外，什麼也沒有。

他深深吸了一口氣，平復了一下心境，自言自語：

「是我酒醉昏頭，活見鬼了吧！」

他用力扶起翻倒的機車時，感覺右腳踝及小腿發出陣陣的酸麻疼痛。

這一跤摔得不輕，讓他暈頭轉向，回憶剛才的一幕，不禁毛骨悚然。

他拚命搖晃腦袋，想讓自己清醒過來，卻聽見身邊

傳來小孩子的哭聲：

「哇哇哇……」

回身四顧，發現附近黑暗的草叢裡有個小孩子，四肢朝天的躺在那兒，不停的踢打舞動手腳。

沈先銘奔跑過去，慌慌張張的抱起孩子，問他叫什麼名字、住在哪裡？

那個孩子看來已經有三歲多了，一邊哭嚷著，一邊咿咿唔唔的說著他完全無法了解的話。

沈先銘奔跑過去，慌慌張張的抱起孩子，問他叫什麼名字、住在哪裡？

那個孩子看來已經有三歲多了，一邊哭嚷著，一邊咿咿唔唔的說著他完全無法了解的話。

沈先銘環顧四野，荒無人煙，看不見一絲燈火。

這孩子長得這麼可愛，怎麼會在深夜被拋棄在這裡？萬一出了什麼意外怎麼辦？他的父母多麼狠心啊！我得趕緊把他送到警察局去。

他抱起孩子放在摩托車前面的腳踏板上。孩子快樂

的回頭對著他笑，又比手劃腳，咿咿唔唔的好像在說什麼，可是沈先銘完全聽不懂。

沈先銘心中油然生出無限疼惜，又伸手把孩子抱在懷裡。

他想到自己結婚快十年了，還是沒有小孩，如果能「暫時」把這個可愛的孩子帶回家去，等到有人來認領以後再送還人家，也是很快樂的事啊！

於是他脫下外套包裹住孩子，再把孩子放在腳踏板上，小心翼翼的載回家。

一路上，沈先銘腦中浮沉著許多問題：回家該怎麼說呢？如果把自己的遭遇老老實實的說出來，大家一定都會說他神經病，或是說他喝醉酒胡說八道——即使自己的妻子，恐怕也不會相信吧！

果然，當沈先銘把孩子帶回家時，妻子驚訝的問：

「哪裡來的孩子？」

「天上掉下來的，大概是老天送給我們的禮物。」沈先銘提起褲管，指著腳上的擦傷，把剛才一連串的奇遇講

★ 童話列車‧黃海童話 ★

給妻子聽。

淑媛壓低聲音，警告說：

「小心別再這樣說了，一定是你喝多了酒糊塗了，哪裡有什麼發光的飛行物體！虧你還為人師表，如果再這樣說，讓它當笑話傳出去，恐怕連你的飯碗都保不住了。你現在就去報案，說是在路上撿到這個孩子，將來如果沒有人來認領，我們就名正言順收養他，當作我們自己的孩子。」

夫妻倆一起到警察局報案，輾轉通知家扶中心。家扶中心的人嘗試著和小孩溝通，可是沒有人聽得懂他那咿咿唔唔的奇怪言語。於是他們只好一邊將小孩託由沈先銘夫婦照顧，一邊透過各種管道為孩子尋找親生父母。

消息很快就透過傳播媒體散發出去，可是連一個來查詢的人也沒有，看來這個孩子的身世將永遠成謎了。

日子一天一天過去，孩子漸漸長大，也學會說話，不再咿咿唔唔了。沈先銘夫婦對孩子百般疼愛照顧。孩子很聰明活潑，什麼事一學就會，活活潑潑、口齒伶俐，很

討人喜歡。他們為他取了一個叫「星子」的名字，意思是「星辰的兒子」。沈先銘夫婦一方面心疼孩子找不到父母，一方面卻又害怕孩子的父母出現，因為他們都不捨得離開他了。

一眨眼過了兩年，孩子的父母還是沒有出現。

一天深夜，沈先銘正趴在桌上批改作業，忽然聽見孩子房間裡傳出奇怪的咿咿唔唔聲，就像他第一次看見孩子時聽見的聲音。沈先銘不覺心中一驚，立刻站起身來，悄悄的走到星子的房門口。

房門是開著的，沈先銘看見星子靠在窗邊，出神的凝視著夜空的星星，嘴裡還不停的說著咿咿唔唔的言語。

「星子，你怎麼了？你在想些什麼？」沈先銘快步上前，蹲在星子身邊。

星子似乎受了驚嚇，轉身看著爸爸，楞了許久，隨即又轉身指著天上的星星，用成人的口吻說：

「現在我知道自己是從哪裡來的，我知道自己是誰了。」

「你在作夢，星子，你在說夢話嗎？快上床睡覺吧！」沈先銘著急的抱起星子，努力想抹掉眼前發生的一切。

「我不是說夢話，爸爸，我知道我原來的爸媽在哪裡了，您們並不是我的親生爸媽，但是我還是感謝您們的照顧撫養。」

這孩子怎麼突然講起大人的話來，沈先銘的內心越來越沉重，彷彿有一種不祥的預兆。他深深吸了一口氣，問：

「那……你……你原來的爸爸媽媽現在住在哪裡？」

星子拉著沈先銘的手，指著天上的一顆星星說：「就在那裡，我是從那裡來的，剛才我的爸爸、媽媽找我談過話了，他們要我暫時住在這裡，過一陣子就會接我回去，還說我可以每天晚上在窗口跟他們說話。」

「什麼？你是說……你是從別的星球來的？」沈先銘不禁一陣毛骨悚然。

孩子以「沉默的微笑」回答他的話，那表情看起來

★ 外星來的孩子 ★

就像個成熟懂事的大人——沈先銘想到發現星子的那晚，他騎著摩托車時曾經摔一跤，原因就是看見一個發光飛行物體掠空而過。難道真有其事？那個發光飛行物體就是傳說中的「飛碟」嗎？

星子好像看穿了他的心事，說：

「不必奇怪啦，爸，我確實是從別的星球來的。我們那個世界的人，只要到了五歲左右就會有一種特殊的才能，能夠利用心靈來通訊，所以爸爸心裡想什麼我都知道。」

沈先銘半信半疑，又擔心孩子心理有異常神智不清，胡言亂語，他趕緊去叫醒沉睡中的太太。

淑媛也趕來看孩子，證實先生的說法。孩子講得頭頭是道，他

能夠偵測到別人的心事，當場就告訴身邊的爸媽，他們今天做了什麼事，買了些什麼東西，明天有些什麼計畫，買這幢公寓還有多少貸款沒有付清……

兩個大人都震撼住了。

沈先銘開始相信，這個孩子不是偶然被撿到的，那天晚上他所看到的發光的飛行物體，大概就是「飛碟」，但是外星人為什麼會來到地球？就這樣把孩子丟下來又有什麼用意呢？

「我們的世界發生了戰爭，所以爸媽暫時把我送到這裡避難。」星子很快的回應了養父心中的疑問。

整個晚上，沈先銘夫婦為了星子而失眠。

要不要把這件事公開讓社會大眾知道呢？假如這樣，勢將轟動全世界，許多有名的科學家都將跑到這兒來研究星子的身世，就如電影《外星人》所描寫的一般，這個家將被干擾得雞犬不寧，而可愛的星子說不定會被帶走到實驗室去，再也看不到他了……這樣一想，他還是決定隱瞞下來。

一天又一天，同樣的事情不斷的發生。孩子每到深夜便魂不守舍的佇立窗前喃喃不已，也許就是利用「超感應通訊法」和他遙遠星球真正的親生父母說話吧。

　　沈先銘的心事愈來愈沉重，當他坐在客廳沉思的時候，星子來到他面前，雙手攀住他的脖子，含著淚說：

　　「爸爸，我對不起您，讓您添了許多麻煩，我就要走了。昨天晚上，我那邊的爸媽告訴我說，戰爭已經結束了，他們很快就會來接我的。」

　　沈先銘怔住了，一時茫茫然不知道該說什麼。

　　他的妻子聽到消息，又難過又驚訝，紅著眼睛過來抱住星子說：「你是我們家的乖寶貝，你怎麼可以走呢？」

　　星子哽咽著說：

　　「我的家距離地球有十幾光年遠，我們的太空船可以飛得像光線一樣快，當我們在航行的時候可以把生命凍結起來，完全停頓不老……，我很快就要回去了！」

　　沈先銘的妻子不相信這些話會出自一個小小孩的口裡，她推開孩子，懷疑的端詳著孩子，她記起一篇文章談

到有一對夫婦突然失蹤，他們的鄰居懷疑他們是被飛碟綁架的故事，心裡起了恐慌，莫非⋯⋯

「不會的，媽，您想得太多了。」

星子體貼到她的心意，緊抱著她，親她的臉頰。他也拉住養父的手，繼續說：「我們的世界過去也有過像地球一樣的混亂局面，環境污染、人口爆炸、核子戰爭危機，現在都已經解決了，地球也很快會有幸福和平的日子，因為我們的歷史是走在地球前面的。」

當天晚上，沈銘夫婦被一陣嘶嘶的響聲吵醒，睜開眼睛，乍見窗外射進令人幾乎睜不開眼睛的白光，有如太陽突然闖進屋裡來。突然間，強光又消失了。他們驚魂甫定，好不容易恢復視覺，立刻衝進隔壁的房間探視，然而已不見星子的影子，任憑他們怎麼呼喚、尋找，都找不到星子。

沈先銘夫婦十分懊喪，整晚睡不著。

第二天早上，他們看到報紙上刊出一則醒目的新聞：

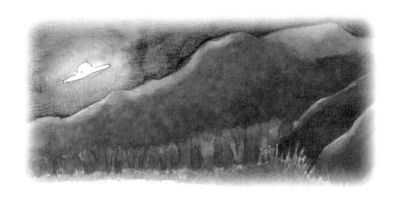

　　昨天晚上九點一刻左右，在桃園沿海上空一帶，出現了一個發亮的扁圓形球體，有許多目擊者聲稱，他們從來不曾看過這樣漂亮的飛行體，雖然軍方和氣象單位都否認有這樣的飛機或汽球，不過，許多民眾都紛紛臆測，說它很可能就是傳說中的「飛碟」或「幽浮」。

　　據一位不明飛行物體的研究專家說：幽浮，自第二次世界大戰後一九四七年在美國出現以來，便引起廣泛的興趣，其實從古代的歷史記載中，也可以找到相關的事件，而我們現在所謂幽浮，根據調查有絕大多數是將飛機、

汽球、人造衛星、鳥群、雲的反光、大地陽光反射、大氣現象、流星、恆星、北極光等誤認為幽浮，只有極少數是無法辨認或解釋的。幽浮所以到處出現，也有心理學家以為是世界局勢混亂不安所致，人們在潛意識中迫切希望上帝拯救人類，上帝代表無所不知、無所不在、無所不能，是圓而無缺、完全完美的，那扁圓形的飛行物體，實在只是人們心中的幻象。

沈先銘夫婦沒有足夠的證據可以證明那孩子是從別的星球來的、又回到那個星球去，他們只是向派出所報告說孩子失蹤了。

從此，他們的日子過得悶悶不樂，兩人經常活在「幻覺」中。

有一天，他們兩人竟然同時作了一個夢：夢見星子蹦蹦跳跳的向他倆招手微笑，還指著報紙嘰嘰咕咕的說了些什麼。

第二天，他們打開報紙讀到一則奇怪的消息：

　　一個六歲的女孩自稱來自另一個星球，她的奇事在捷克的布拉格大學檔案裡留有詳細的記載：

　　她講的話是沒人可以聽懂的，她的心跳比常人快一倍半，血型和一般人不同，這個孩子每天晚上在家裡的窗口對星星講話，養父母把她送到醫院去檢查；但是在布拉格發生暴亂事件時，一天深夜，據說她在家裡被幽浮接走了。

　　她的養父母說，那天晚上整幢屋子突然被奇怪的光線所籠罩，他們聽到孩子房間裡傳出「再見」的呼喊聲，他們衝進孩子房間時，孩子已經消失不見。據說她在臨走的前一晚，曾向養父母告別，說明她的身世；當然，她跟她的家人說的是已經學會的本地語言。

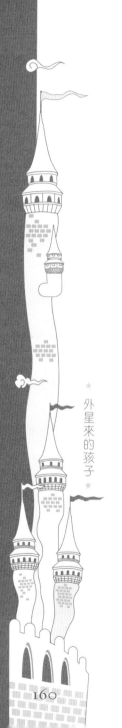

此事雖然已經在當地繪聲繪影，廣為流傳，但是還沒有得到科學證實。

沈先銘夫婦放下報紙，不禁互相擁抱著哭了起來。

從此，他們只能模仿著孩子，在每個夜晚靠在窗口，將額頭緊貼著窗戶，對著星星許願，祝福星子，寄上思念。

——原載1991年9月《小牛頓》月刊

外星來的孩子

Fairy Tale

Part.14

霹靂星球
綠傘人

大個兒哥哥在睡覺的時候戴著一頂帽子，那是爸爸、媽媽前幾天帶他和弟弟去郊遊時，媽媽用綠草編結成的，說是戴上了它，可以在睡夢中抵達美麗的星球。媽媽卻為小弟做了一把綠色的大鬍子，小個兒弟弟把它戴上去。現在，哥哥把弟弟的手牽住，睡在床上，終於，在多少日子的期待中，漸漸進入一個奇異的綠色世界……

　　這是個有如披著一層綠色的外衣的星球，在太空中，看起來就像一團晶瑩的綠色毛線球，被薄薄的一層白紗罩住了，在群星中那樣的柔和雅致，它是一個銀河中的美麗公園。

　　哇！簡直是植物人的世界嘛，每一個植物人，都是快快樂樂的。

　　這些植物人就叫「綠傘人」。因為他們就像一把一把巨大的綠傘，撐在長著青草的柔軟地面，自然而然就把整個星球裝飾得像個晶亮的翡翠。綠傘人雖然沒有活動的雙腳，他們的枝葉卻可以藉著風的聲音表達心意或唱出美麗的歌，一如他們美麗的外表。

在一處澄碧的湖邊，一棵兩千零一歲的高大樹木，長著如雲、如飛瀑一般的綠色的絲狀物，就從幾十公尺高的地方垂下來，遠看似一座一座橢圓形的大綠傘，就在傘裡面，居住了千千萬萬隻的金色、銀色和其他顏色的昆蟲，而綠色的傘狀植物，就那樣在微風中呢喃，輕聲細語，互相安慰，訴說故事，有時甚至會發出合唱曲子，來迎接昆蟲的奏鳴。

「我是植物人，我有快樂的嗓子！我也有快樂的心！」兩千零一歲的植物人精靈說著。

這個綠傘人精靈，一呼百諾，於是，差不多所有的綠傘人也都跟著唱和著：

「我是快樂的綠傘人，有風有雨我快樂。太陽發怒我也快樂！」

「綠傘人的快樂，有如天上降落的雨一樣的多。」

「可以分享給天空！」

「分享給星星！」

當他們說到最後一句話時，格外顯得有精神，而不

得不一再的重複訴說著它。透過風的傳播，也掀動了湖水的漣漪，如果有落下的綠色的髮絲，便會如弦一般的引發了和鳴。

　　星星是綠傘人夜裡的伴侶，他們憑著如髮絲般的感應系統，已經可以很清楚的對於周遭的世界了解認識，並且感念造物主的偉大。他們雖然沒有有形的眼睛做為視覺，沒有似動物一樣的其他感官，卻有了無眼的視覺、無耳的聽覺，和無鼻的嗅覺、無舌的味覺；至於觸覺，則是遍布全身的，除了本身的綠色身體組織和表皮以外，那些千千萬萬棲息在樹間的昆蟲，就是他們身體各種感官的延伸。

　　也就是說，那些千千萬萬的蟲兒成了綠傘人的心靈觸角，成了綠傘人的思想和感覺的神經。

　　於是，每個夜晚，綠傘人面對星星的閃爍，他們會從千千萬萬的昆蟲那兒，感應到整個宇宙的脈動，因為那千千萬萬的蟲兒，就像天上千千萬萬顆星星一般，產生了連鎖，生物的世界與宇宙萬有的世界本來就是神祕相通著

霹靂星球綠傘人

的。

「這樣的一個和諧美麗的世界，是怎樣創造的？」綠傘人精靈發出了無數的問句：

「是不是每一顆天上的星星都有其他的人類居住？」

「我們能不能到其他的星星去看看？」

「別的星球的綠傘人是不是也跟我們一樣的生活著？」

那些營營作聲的昆蟲，飛到每一株綠傘人的身子時，便同時把這個問句帶過去了。於是整個星球的綠傘人便都接到了這個訊息，每株樹木便都有了同樣的意識。那是對宇宙和生命所發出的疑問和讚嘆。

綠傘人的深遠心靈也就產生了集體意識，整個星球的綠傘人變成了同一個思想的

腦。

那天黃昏，一場大雨嘩啦嘩啦來臨，於是，每一個綠傘人的傘下，便都一下子躲進了千千萬萬隻七彩的昆蟲，對這些有著各種顏色的昆蟲來說，綠傘人是他們最佳的庇護所，就是再大的風雨，昆蟲們也安然無恙。從千千萬萬年以來，綠傘人與七彩的昆蟲彼此成為相互依賴的共生體。把這兩種生物合起來看，綠傘人與七彩昆蟲只不過是同一種生物的兩種不同的生存活動表現。

大雨過後，湖邊的綠傘人又開始唱起歌來，那是只有綠傘人和七彩昆蟲才聽得到的歌聲。這時，就在山巒的上空，掛著七色的彩虹，就在太陽絢爛的光輝中，彩虹似乎在掙扎著努力保持它的光澤和色度。太陽逐漸西沉，大地漸漸變黑，七色的彩虹也漸漸變淡、變暗，消失不見，天幕上的群星和月亮閃現在天幕的舞臺。

二十五個月亮中的九個，白天原來就在天空中掛著，只是隱隱的浮現，被強烈的陽光掩蓋罷了，於是，等到太陽的光輝褪去後，九個月亮的光芒就會逐漸由淡轉

亮。銀白色的月兒，有彎刀形的、有圓盤形的、半圓形的，其中三個月亮的周圍各圍繞著一圈美麗的光環，另外的十六個月亮，則在夜盡天明之前陸續出現。眾多的月兒在天空中與星星爭輝，整個天幕看起來熱熱鬧鬧的，美麗極了。

綠傘人精靈突發奇想：「要是夜裡的天空也有彩虹多好！」

就在這樣的念頭剛剛閃過去不久，所有棲息在綠傘人底下的各色各樣的昆蟲，突然成群結隊的飛出去，在天空中的一角集結起來，於是，就以昆蟲本身外表原有的顏色——紅、橙、黃、綠、藍、靛、紫，排列組合成為兩座巨大的彩虹，還有金色、銀色或其他顏色的昆蟲，就朦朦朧朧的點綴在許多個月亮的周圍，把天空構成了一幅夢境一樣的畫面。

終於，夜裡的天空也有了彩虹。

天際裡出現了一艘來自地球的太空船，就在灑滿星光與月光的天空中停住了，兩個地球人觀看到這個奇異世

界的景色，簡直嚇呆了，他們以為太空船已經飛進了夢裡，進入了時光隧道，或是來到了天國。

　　兩個地球人目瞪口呆，兩對眼睛差不多都凸出來了，當太空船降落到地面時，第一個踏出太空船外面的大個兒，張大嗓門在草地上唱起歌來：

　　　　踩著青草，踩著綠，
　　　　跳著舞步，奔向大地，
　　　　呵呵呵，這個星球名字叫美麗，
　　　　任憑哥倆玩遊戲……

　　綠傘人聽到了奇怪的歌聲，也應和著唱出來，那是
　　　　藉著每一個綠傘人千叢萬縷的綠色絲狀

物，在微風中抖動傳播起來的。他們從來沒有見過有手有腳會走動的生物。就這樣，在動物與植物的歌聲中，整個星球突如其來的，開始有了人類的語言。綠傘人的工作效率也是相當高的，那些密密麻麻的綠色絲狀物，正是感覺靈敏的神經系統，各以迅如閃電的手法在運作解析地球人的歌聲和話語。

大個兒地球人有著靈敏的鼻子，當他觀看到整個星球的美麗景致，並且聞到遍地的草香後，不由得興奮振動起來。他忍不住說：

「我真願留在這裡一輩子！希望我是個吃草的恐龍！能夠在所有的綠色地帶上散步吃草！」

另外一個鬍子臉的小個子說：「真希望我也成了綠傘人！到時候我的鬍子和頭髮都成了綠色的！」

綠傘人精靈很快的把這兩個地球人的話傳播出去。

「恐龍？什麼是恐龍？是地球上專有的動物嗎？」

大個兒對著天空驚慌地回答：「是地球上絕種的動物哩！到底是誰在問呢？」

「我們，我們這些綠傘人關心你們！」回聲有如交響樂般的悅耳。

於是，在大個兒的心裡很快地閃現出巨大的恐龍的樣子，那是他夢裡最喜歡的動物，多少次在他的畫圖紙上畫出來的最愛，雖然只能在博物館或影片、科學書中看到恐龍的樣子。恐龍總是笨笨的在草地上行走，即使是張牙舞爪、吼聲如雷，也像是在訴說地球上太古洪荒時代的故事，當時到處是青山翠谷，綠水環繞，各種植物繁茂的生長著，百花爭豔，是動物的樂園，一個完全沒有污染的所在，只存在於歷史的回憶中。大個兒雖然沒有見過真實的恐龍，一提起牠卻不由得聯想起神話故事中的美麗天堂勝景，就像現在所親身經歷的一樣。

綠傘人終於測度出大個兒心中思想的圖像，一剎那間，天空中由數以億計的彩色昆蟲所集合而成的彩虹飛散了，很快地又組合成許多巨大的恐龍圖像，在天空中緩慢地移動，又漸漸的移近了地面。就只是一種由昆蟲模擬出的虛幻動物，就已經足夠讓地球人驚訝了。

大個兒看得目瞪口呆之際，他身邊的小個兒鬍子臉，凡是有毛髮的地方，一時都被聚集過來的昆蟲覆蓋成了綠色的，小個兒的頭髮和臉上的鬍子果然如他剛才的願望，變成綠色的。再一轉眼間，大個兒的身體被附近飄來的許多綠傘人的絲狀物重重圍困住了，大個兒也如他所願的，像此地的綠傘人一般模樣。

「救命！救命！你們不要開玩笑嘛！」大個兒悶悶的喊叫聲幾乎被重重的綠色絲狀物掩蓋住了。

小個兒的綠色頭髮和鬍子在風中飄飛，越長越長，他成了一個綠人，而他的哥哥變成了植物人──綠傘人。

「這是一個樂園呀！我們還缺少許多動物哩！」綠傘人精靈喊叫著，憑著他們所測知的人類心靈中所記憶的事物，提出了要求：「現在你們的願望已經達到了，應該輪到實現我們的願望了！」

「你們想要什麼呢？」大個兒顫抖著問，整株綠傘樹就在風裡搖擺。天上萬千個星星和十幾個月亮似乎都在無言的注視著。

「聽說你們人類是地球生物的終結者，如果你們還有一點愛心，就應該把那些面臨絕種的動物移居到這兒，跟我們作伴。」

「地球生物的終結者？那那……是好久好久以前的事！」小個兒說：「現在已經沒有的事。」

「胡說，你們腦袋裡的記憶有許多可愛的動物，都是我們這兒所沒有的，比如大象、獅子、老虎、犀牛、長頸鹿、黑熊、水獺、雲豹、烏龜、還有許多數不清的珍貴鳥類……」

綠傘人說話的時候，星球上所有的億萬隻的彩色昆蟲就又做了一次閃電式的排演，把所有剛才提到的動物都用活動的圖景展示在天空中，就在十幾個月亮和眾星的光輝照映下，這個朦朧的世界轉眼間變得更多采多姿了，有如地球上的野生動物生龍活虎的做了一次大集合。

兩個來自地球的旅客被感動了，大個兒想起在太空船上有許多地球帶來的動物胚胎，就把它們送給了綠傘人。對他們說：

「再過幾年，這些野生動物就會長大的，牠們就是你們的好伴侶！」

小個兒說：「那時候可就熱鬧囉！你們不再寂寞囉！」

綠傘人卻傷心的回答：「請你們再回去地球看看，聽說凡是地球上被保護的動物，就是即將滅絕的動物，你們就去帶來這裡，這是個安全的避難所。」

大個兒和小個兒現在明白了綠傘人的心意，兄弟倆就留下了地球上的胚胎物種的試管，利用機器人在這兒哺育生物。他們搭著太空船脫離了綠傘人的星球回去家鄉──那顆在太空中看起來藍亮耀目的地球行星。

──原載1998年5月《小牛頓》月刊

科幻童話的魅力
——《黃海童話》賞析

◆徐錦成

1

提到黃海，大家首先想到的就是科幻文學，不會是別的。一九六八年黃海發表的第一篇作品，便是科幻小說。三十幾年來，他累積了豐富的科幻文學成績，不僅包括創作與評論，也跨越「成人文學」及兒童文學。

要畫出「成人文學」與兒童文學的界線並不容易，也不見得有意義。黃海說過：「科幻不是成人小說的專利，它是成人的童話，兒童的想像文學。」可見他心中自有一把尺。因為科幻，黃海寫童話；而濃重的科幻味，便成了黃海童話的魅力所在。

2

黃海科幻童話的獨特魅力，在〈國王的新衣續集〉中展露無疑。

〈國王的新衣〉是著名的古典童話，由於是「經典」，歷來對之改寫者從未間斷。寫「續集」，當然是一種後設性的反省書寫。如果是一般寫法，多半會根據原始版本的架構，在結局處改頭換面，賦予時代

新意。但黃海並不這麼寫。他的「續集」建立在科幻的想像上，而不僅在原著的顛覆。他的寫法是先請出神通廣大的機器人，讓所有事情成為可能。繼而讓主角安安回到「當年」，成為老故事的新角色，直接與國王接觸，改寫了原作。更有趣的是，故事最後作者安排了一個「南柯一夢」式的結局，但夢醒時分不但沒有令人心生感慨，反而讓人覺得剛打完一場虛擬的線上遊戲般暢快。

〈國王的新衣續集〉既有未來的機器人，又有過去的安徒生，科幻元素加進童話後所造成的趣味令人驚喜。

3

閱讀文學作品可以培養想像力，這點相信沒有人反對。我必須承認，〈〈國王的新衣〉續集〉的開頭著實讓我嚇了一跳：

快樂機器人的絕招要出來了，他讓自己胸前的螢幕映出了影像，這個有名故事的卡通片，就熱熱鬧鬧的在機器人的胸前映演著。

安安起先沒有注意，待他發現卡通片演的是與書本裡同樣的故事，就很快的把書本擱在一邊，視線集中到螢幕上面。

　　對提倡閱讀的人看來，這段文字真是錯誤示範！不過，「拋開書本看電視」這件事並不「科幻」，它的確已在真實世界到處上演。而我們也已發現，愈少閱讀文字的人，想像力就愈薄弱。人類使用語言、文字來思考，因此文字比起影像更能承載思想。文學作品字裡行間的哲理，化為影像往往蕩然無存。

　　就像〈誰撿到國王的夢〉裡所說的：「未來的世界是由現在決定的。」看看我們身邊日漸親近影像而遠離文字的下一代，人類到底是進化？還是退化？值得深思。

4

　　科幻文學常指向未來，科幻作家透過想像帶我們造訪未來世界。

　　然而，如果科幻是童話的一種形式，則科幻小說與童話之間的分野又在哪裡？收在本書中的〈外星來的孩子〉毫無疑問是科幻小說；若要視之為童話，恐怕也已達科幻童話的邊界。但黃海既為著名科幻小說家，本書選入這篇，對他的風格應較能完整呈現。

　　話說回來，小說與童話之間的辯論對研究者而言或許必須，對一般讀者並不是太重要。喜歡閱讀科幻童話或科幻小說的人，都一樣可稱為科幻迷。

5

　　「創新」對藝術而言極為可貴。文學作家尋找新題材、開發新手法都是常見的事，也是必須的事。科幻文學寫的是未來的世界，追求新題材不僅是權利，甚至是義務了。但黃海曾說：

> 科幻文學與童話交融調和，形成新的文類「科幻童話」，必須建構在人文關懷、哲理思考上，以追尋藝術定位，構織妙趣無窮的想像世界，在兒童文學園地增添勝景。

　　可見黃海寫科幻，並不以追逐新題材為重點。本書收錄的作品，有些已是二、三十年前的舊作，但現在讀來仍趣味盎然，沒有過時之虞。這些「老」科幻童話經得起時間考驗，不僅是黃海的成功，事實上也是科幻童話這一童話品種的勝利。

　　台灣寫科幻童話的人並不多，但光是黃海一人的作品，便足以撐起一片天。台灣童話若少了黃海，不是少了一位作家，而是少了一種類型。

童話列車 ⑬

黃海童話

著　　者：黃　海

主　　編：徐錦成

插　　圖：貝　果

美 術 編 輯：裝丁良品

發 行 人：蔡文甫

發 行 所：九歌出版社有限公司

　　　　　臺北市105八德路3段12巷57弄40號

　　　　　電話 / 02-25776564　傳真 / 02-25789205

　　　　　郵政劃撥 / 0112295-1

九歌文學網：http://www.chiuko.com.tw

登 記 證：行政院新聞局局版臺業字第1738號

印 刷 所：晨捷印製股份有限公司

法 律 顧 問：龍躍天律師‧蕭雄淋律師‧董安丹律師

初　　版：2006（民國95）年10月10日

定　　價：220元

ISBN 957-444-348-5　　　　　　　　　　Printed in Taiwan

（缺頁、破損或裝訂錯誤，請寄回本公司更換）

國家圖書館出版品預行編目資料

黃海童話 / 黃海 著，徐錦成 主編，貝果 插圖.
--初版. -- 臺北市：九歌, 民95
面；公分. --(童話列車; 3)
ISBN 957-444-348-5(平裝)

859.6   95017123